Мои университеты

我的大学

[苏] 玛克西姆·高尔基 著

郭家申 译

读客三个圈经典文库

经典就读三个圈　导读解读样样全

江苏凤凰文艺出版社
JIANGSU PHOENIX LITERATURE AND ART PUBLISHING

读客®

读客三个圈经典文库

经典就读三个圈　导读解读样样全

目 录

第一章

就这样，不管怎么说，我到喀山大学[1]学习去了，如此而已。

上大学的念头，是从一个叫尼古拉·叶夫列伊诺夫[2]的中学生那里来的。他是一个很可爱的小伙子，人长得很帅，有一双女人般亲切温柔的眼睛。他和我同住在一幢房子的阁楼上，因常见我手里拿本书，觉得很好奇，于是我们便认识了。不久，叶夫列伊诺夫就开始劝我，说我有“非凡的科学才能”。

“你生来就是为科学服务的。”他一面说，一面很潇洒地甩动着他那马鬃似的长发。

当时我还不知道兔子也能为科学服务，而叶夫列伊诺夫却信誓旦旦地向我证明说：像我这样的小伙子，大学里正好非常需

1　喀山大学是一所历史悠久的综合性大学，建立于1804年。高尔基是1884年到喀山的。列夫·托尔斯泰于1844年、列宁于1887年，都曾在该校的法律系学习过。据《高尔基及其时代》一书介绍，高尔基大概是在1884年夏末或秋初到喀山大学去学习的。——译者注（如无特别说明，本书中注释均为译者注）

2　H.B.叶夫列伊诺夫（1864—1934），是一位小公务员的儿子，在喀山第三中学上学；1885年起在喀山大学数学物理系学习，曾积极参加喀山各种秘密小组的活动。

要。不用说，我们也谈到了米哈伊尔·罗蒙诺索夫[1]的事例。叶夫列伊诺夫说，到喀山后，我可以先住在他那里，利用秋冬两季，把中学的课程修完，“几门”考试一通过——他就是这样说的：“几门”考试——大学就会给我发放政府助学金。五年后，我就会成为一名“学者”。一切都非常简单，因为叶夫列伊诺夫当时才十九岁，为人纯朴善良，古道热肠。

考完试后，他就走了。两个星期后，我也跟着他去了。

外婆送我走的时候，劝我说：

“你呀，别老对别人发脾气，总是气鼓鼓的，成天板着个脸，对谁都不服气！你这都是从外公那里学来的，可是他——你外公——又怎么样呢？活了大半辈子，临了变成了一个傻瓜，苦命的老头子。你呀，有一点，你一定要记住，上帝从不对人们严加惩处，只有魔鬼才喜欢伤害无辜！再见了，喏……”

这时，她从肌肉松弛、颜色灰暗的脸上擦掉仅有的几滴泪水，对我说：

“以后我们再也见不着面了，你这一走，行踪无定，距离又远，而我又是个快要死的人了……”

最近一个时期，我不在亲爱的外婆身边，甚至很少见到她，可是现在，此时此刻，我突然痛切地感到，以后我再也看不到这个和我休戚与共、至亲至爱的人了。

我站在轮船的尾部，看着她站在码头上；她一只手在胸前画着十字，另一只手——用旧头巾的一角——在擦拭自己的脸，在擦她那双对人们充满挚爱光辉的乌黑的眼睛。

1　罗蒙诺索夫（1711—1765），出身渔民家庭，19岁离家外出，先后在莫斯科、彼得堡、德国求学，是俄国著名的科学家、诗人、现代俄语标准语奠基人、画家和历史学家。

就这样，我来到了这个有一半鞑靼人居住的城市，住在一座平房的一个狭小的房间里[1]。这座房子不大，孤零零地坐落在一个小山坡上，在一条狭窄而贫穷的街道的尽头，房子有一面墙冲着一片火灾的废墟，废墟上杂草丛生，密密麻麻，有苦艾、牛蒡和酸模；接骨木树丛里有一大堆坍塌的瓦砾，下面有一个很大的地窖，里面有许多无家可归的野狗，它们生在这里，也死在这里。这个地窖给我的印象很深，它是我所上过的大学中的一个。

叶夫列伊诺夫一家人——母亲和两个儿子——靠微薄的抚恤金生活。开头几天，我常看见这个愁眉苦脸、头发花白的瘦小寡妇从市场回来后，把买来的东西往厨房的桌子上一放，便开始考虑解决这样一个难题：怎样用这几小块劣质肉做成一顿饭，让三个身体健壮的小伙子——不算她自己——吃饱喝足呢？

她很少说话。她那双灰色的眼睛凝聚着一种绝望的、与人无忤的执着劲头儿，就像一匹精力耗尽了的马还在拼命地将车往山上拉——明知拉不上去，可是还在一个劲儿地往上拉！

我来到这里的第四天，一大早，两个孩子还在睡觉，我在厨房里帮她洗菜，她非常谨慎地小声问我：

“您为什么到这里来呢？”

“来学习，上大学。”

只见她的眉毛和额头的黄皮肤往上一皱，原来是刀子划破了她的一个手指。她赶紧用嘴吸吮流出的鲜血，在椅子上坐下来，但她立刻又站了起来，说：

“噢，真是见鬼……”

1　高尔基到喀山后，起初就住在市郊叶夫列伊诺夫家，他在这里住了大约两个星期的样子。

她用手绢包好划破的手指，称赞我说：

“你挺会削土豆的。”

“唉，哪能不会呢！”于是我对她讲了我在轮船上干过帮厨的事儿。她问我：

“您以为这样就可以上大学了吗？”

那时候我不懂得幽默。我把她的问话当真了，于是，我给她讲了我的行动计划，说科学殿堂的大门最后一定会对我敞开的。

她叹了口气，说：

“哎呀，尼古拉，尼古拉……”

正好这时候尼古拉到厨房洗脸来了。他刚刚睡醒，头发乱蓬蓬的，像往常一样，脸上乐呵呵的。

“妈妈，咱们包饺子吃吧！”

“那好吧。”母亲同意说。

为了显示自己对烹饪艺术的了解，我说：“这肉包饺子不好，而且也太少。”

瓦尔瓦拉·伊万诺夫娜听后很不高兴，马上冲我说了些很难听的话，弄得我面红耳赤，很下不了台。她把几个胡萝卜往桌子上一扔，离开了厨房。尼古拉则冲我使了个眼色，对他妈的行为解释说：

“她心情不好……”

他坐在凳子上，对我说：“一般说来，女人比男人更神经质一些，这是她们的天性。有一位很著名的学者，好像是瑞士人，对此做了无可争辩的论证。英国人约翰·斯图尔特·穆勒[1]对这个问

1 穆勒（1806—1873），英国自由主义哲学家、经济学家和社会活动家，英国实证论的首创者、奠基人，著有《逻辑体系》等书。这里指的是他的《女人的从属性》一书。

题也曾有过论述。

尼古拉非常喜欢教我，因此，他抓住每一个机会向我脑子里灌输一些生活中必不可少、不可或缺的常识。我如饥似渴地听他给我讲，后来，在我的脑子里竟然把富科[1]、拉罗什富科[2]、拉罗什查克林[3]全混为一谈了，我根本记不清是谁砍了谁的头——是拉瓦锡[4]砍了迪穆里耶[5]的头呢，抑或相反？小伙子一心希望我能够“出人头地”，他信心十足地说我一定能够做到，但是，要真正地坐下来教我、帮我，他既没有时间，也没有条件。他的自以为是和轻率作风，使他看不见他母亲操持这个家是多么含辛茹苦，多么费尽心机；他的弟弟，一个沉默寡言、很难侍弄的中学生就更体会不到这一点了。可是，我对这些复杂的化学戏法和厨房经济的奥妙早已心知肚明，熟谙于心了。我清楚地看到这位主妇是多么心灵手巧，她每天不得不想方设法来填饱自己两个孩子的肚子，养活我这个其貌不扬、举止粗野的不速之客。不用说，分给我的

1　富科（1819—1868），法国物理学家，彼得堡科学院国外通信院士（1860）；1850年用以他的名字命名的方法测定空气和水中的光速；1851年完成摆锤试验（所谓的富科摆）、发现电涡流（富科电流）。

2　拉罗什富科（1613—1680），法国作家，早年因反对红衣主教黎塞留和马扎兰曾坐过牢，被流放过，参加过投石党的斗争，后因身受重伤，从此退出政治活动，出入文艺沙龙。代表作有《回忆录》（1662）和《箴言录》（1665）。作家以箴言的形式表达他对贵族社会道德风尚的看法，虽有些悲观厌世，但对宫廷与贵族的虚伪和欺诈给予了辛辣的嘲讽。马克思在给恩格斯的一封信中就引用过他的一条箴言：“神态庄严是形体的一种奥妙，目的在于掩盖智力的缺陷。”

3　拉罗什查克林（1772—1794），法国大革命时期保皇派头子。

4　拉瓦锡（1743—1794），法国化学家，现代化学，特别是热化学的奠基人之一。1768—1791年在政府征税机构任职；法国大革命中，他的身份足以引起当局的怀疑，1792年，极右派马拉特对他提出莫须有的指控，1794年根据革命法庭的审判，拉瓦锡等27人被送上了断头台。

5　迪穆里耶（1739—1823），法国将军。他曾指挥革命的法国军队于1792年打败了奥普干涉军。但1793年在纳温登附近战败，4月，背叛革命，投奔了奥军。

每一片面包，像石块一样压在我的心头。我开始寻找工作，干什么都行。为了不在家里吃闲饭，我一大早就到外面去，遇到坏天气我就躲在那片废墟中的地窖里遮避风雨。在那里，我闻够了死猫癞狗的腥臭味，听够了狂风暴雨的呼啸，我很快就明白了过来：上大学不过是一个梦想，也许去波斯要更明智一些。可是我已经在想象着自己变成了一个白胡子魔法师，找到了一种培育农作物的方法，可以使粮食的颗粒长得像苹果那样大，一个土豆有一普特[1]重，总之，为造福这片土地，我已经想出了不少办法，而在这块土地上艰难度日的可不只是我一个人。

我已经学会了幻想，净想些非同寻常的奇遇和种种丰功伟绩。在日子非常艰难的时候，这种幻想给了我很大的帮助，因为当时这样的日子很多——我幻想的本领也越来越大了。我对外来的帮助已经不抱希望，也不指望会交上好运，但我的意志却渐渐变得坚强起来，而且生活条件越是艰难，我感到自己就越坚强，甚至更聪明。我很早就懂得了：人是在与周围环境的抗争中成长起来的。

为了不至于挨饿，我常去伏尔加河的码头上，在那儿很容易就能够挣上十五、二十个卢布。在那里，置身于装卸工人、流浪汉和骗子、小偷们中间，我感到自己是一块被投进炉火中冶炼的生铁——许多强烈、炽热的印象扑面而来，而且天天如是。人们在我面前像走马灯似的转来转去。他们贪得无厌，生性粗野——我喜欢他们对生活的仇恨心理，喜欢他们对世上的一切进行嘲弄、敌视，但对自身状态却漠不关心的态度。我亲身经历过的一切，使我对这

1　一普特相当于16.38公斤。

些人有一种亲近感，我希望和他们打成一片，融入他们那个富有刺激性的圈子。勃莱特·哈特[1]的作品和我读过的大量“品位不高的”小说，使我对这个圈子里的人们更加有了好感。

惯偷巴什金，原来是师范学院的一名学生，如今穷困潦倒，还染上了痨病。他振振有词地对我说：

“你怎么像个姑娘一样，畏畏缩缩的，是不是怕坏了名声？对于一个姑娘来说，名声就是她的财富，可是对你来说，它只是一副枷锁。牛的名声不错，忠诚老实，但它们只配吃草！”

巴什金一头红发，脸刮得干干净净，很像个演员；矮小的身材，动作轻盈灵活，像一只小猫。他对我像老师一样，处处以保护人自居。我看得出，他真心实意地希望我成功和幸福。他非常聪明，读过不少好书，他最喜欢读的是《基督山伯爵》[2]。

“这部书里有目的，有良心。”他说。

他喜欢女人，讲起她们来，津津乐道，垂涎欲滴，兴奋得不得了，虚弱的身体像筛糠一样。这种哆里哆嗦的样子，完全是一种病态，看着直让我感到恶心，但他的话，我还是很仔细听的，我觉得它们非常美丽动人。

“女人啊，女人！”他坦诚地说，发黄的脸上顿时泛起了红晕，乌黑的眼睛里射出异常兴奋的目光，“为了女人，我什么都能豁出去。为了女人，就像着了魔似的，什么犯罪不犯罪的——

1　勃莱特·哈特（1836—1902），美国作家。曾在西部做过矿工，写了许多描写淘金者的生活和黄金的腐蚀作用的小说，如《加利福尼亚故事》（1857—1871）和几部长篇；颂扬社会底层人们的勇敢精神的小说，如《加布里埃尔·康罗伊》（1875—1876）等，他的作品乡土气息很浓。

2　法国作家大仲马（1802—1870）发表于1844—1845年的一部著名小说，描写的是法国波旁王朝和七月王朝时期一个冤冤相报的故事。

我全然不顾！没有比恋爱更美好的了！”

他很会讲故事，轻而易举地就能为妓女们写些感人至深的关于不幸爱情的伤感歌曲，伏尔加河沿岸各个城市都在唱他的歌曲。其实，下面这首广为流传的歌曲也是他写的：

我又穷，又不漂亮，
又没有什么好衣裳，
有谁会娶我
这样的姑娘……[1]

特鲁索夫是个行动诡秘的人，对我的态度很好，仪表堂堂，衣着考究，长有音乐家那样纤细的手指。他在船舶修造厂区域内开了个小铺子，招牌上写的是“修理钟表”，但干的却是销赃的勾当。

“你呀，彼什科夫，可别去干那偷鸡摸狗的事儿！”他对我说，眯起狡猾而果敢的眼睛，煞有介事地抚摸着自己已经斑白的胡子。“我看得出你的前途不在这儿，你是个有精神追求的人。”

“什么叫有精神追求的人？”

“就是对什么东西都不羡慕，只是充满了好奇……”

这话用在我身上是不合适的，因为有许多事情我是很羡慕的，比如，巴什金说话时那种特殊的语气，诗一般的韵味，出人意料的比喻和别出心裁的遣词造句——我对他的这种本领就非常

1　见俄国诗人И.苏里科夫（1841—1880）的诗《我是一个孤儿》。文字与原诗略有出入。

羡慕。我想起了他讲过的一个爱情故事的开场白：

“一个朦胧的夜晚，我像树洞里的一只猫头鹰，坐在斯尼亚斯克这座贫穷城市的一家旅馆的房间里，而当时是秋天，正值十月，绵绵细雨，下个不停，风一直在刮，时紧时慢，好像满腹委屈的鞑靼人慢条斯理地在唱歌，歌声没完没了的：噢噢……啊啊……啊啊……噢噢……

“说话间，她人来了。步履轻盈，面色红润，像太阳升起时的一朵祥云，一双眼睛清澈透明，专门用来骗人。‘亲爱的，’她诚恳地说，‘我没有对不起你。’我知道，她在撒谎，可是我相信她说的是真心话！理智上我一清二楚，可是我内心里不相信她在骗我——怎么也不相信！”

他在讲话的时候，常常有节奏地摇晃着身子，眯缝起眼睛，不时地用手轻轻地抚摩着胸口的地方。

他的声音有些低沉，缺乏朝气，但他的语言却非常鲜明，像夜莺歌唱那样悦耳动听。

我非常羡慕特鲁索夫，他说起西伯利亚、希瓦[1]、布哈拉[2]这些地方的时候，滔滔不绝，非常有意思；对主教们的生活，则极尽讽刺挖苦之能事。有一次，他神秘兮兮地跟我谈起了沙皇亚历山大三世[3]的事：

“这位沙皇对自己的事情可是一把好手！”

我觉得特鲁索夫是小说中常有的那样一种“坏人”。小说结尾

1 俄国城市，位于花拉子模州。

2 俄国城市，布哈拉州行政中心。

3 亚历山大三世（1845—1894），1881年起为俄国皇帝，在位期间，基本上把中亚细亚地区并入了俄国（1885）。

时，出乎读者的意料，他们摇身一变，个个成了舍己为人的英雄。

有时候，在天气闷热的夜晚，这些人渡过喀山河[1]，来到对岸的草地上和灌木林中，在那里边吃边喝，议论各自的事情，但他们谈得最多的还是生活的复杂性和人际关系方面各种莫名其妙的纠葛，特别是有关女人的话题。他们谈起这些问题时，总有一种怨恨的情绪，满腹的忧伤，有时候感人至深，但几乎总是给人这样一种感觉，仿佛他们是在窥探一个黑暗的地方，那里有许多可怕的、出人意料的情况。我和他们在一起度过了两三个夜晚——天空漆黑，星光暗淡，坐在闷热的洼地上，置身于密密麻麻的柳树丛中。由于这里距伏尔加河很近，空气非常潮湿，黑暗中，轮船上的一盏盏桅灯，像许多金色的蜘蛛，缓缓地向四面八方蠕动。它们爬向山石构筑的岸边，在一片黑暗中，像万家灯火，构成了一条火的长龙——它们是各家小饭馆和有钱的乌斯隆村各家窗户发出的灯光。轮船两边划水的叶片拍打着水面，发出低沉的响声；鱼贯而行的平底船上的水手们，在声嘶力竭地喊叫着，像鬼哭狼嚎一般，什么地方有人用斧子在敲打铁器。不知从哪里传来一阵凄楚哀婉的歌声——有人在抒发自己内心的感情——歌声沁人肺腑，在人的心头上平添一丝淡淡的忧愁。

听着人们在轻声细语，娓娓而谈，更让人感到愁肠百结，忧心如焚——他们都是在思考人生，每个人都在谈论自己的事情，几乎没有人在听对方讲些什么。他们在小树林里，或坐，或卧，抽着香烟，偶尔——决不贪杯——喝一点伏特加酒、啤酒，然后，抚今追昔，回首往事。

1　喀山河从喀山市的西边流入伏尔加河。

“我曾遇到过这样一件事……”黑夜中，不知是谁躺在地上说。

大家听完他的故事后，都表示赞同，说：

“这是常有的事，什么事情都可能发生……”

我老听见他们说“常有的事”“都可能发生”“司空见惯”这些词，所以，我觉得这些人好像今夜已经走到了自己生命的尽头，他们一切都已经经历过了，以后再也不会发生别的什么事了！

这使我跟巴什金和特鲁索夫之间拉开了距离，但毕竟我还是非常喜欢他们，而且，按照我的经历，如果我今后与他们为伍，那是很自然的事。我追求上进、希望学习的愿望受到了伤害，这一点也在把我推向他们。当食不果腹、满肚子怨恨和苦恼烦闷的时候，我觉得自己完全有可能去违法乱纪，作奸犯科，而且不单单是针对“神圣的私有制度”。然而，青年人的浪漫情怀使我不能够半途而废，放弃我注定要走的道路。当时，除了富于人道精神的勃莱特·哈特的作品和一些格调不高的小说外，我已经读过不少正儿八经的好书——这些书在激励着我追求某种尚不甚明确，但比我的所见所闻要更重要、更有意义的东西。

与此同时，我结识了一些新的朋友，有了新的体验。有许多中学生常到叶夫列伊诺夫家附近的空地上玩击木游戏，其中有一个叫古里·普列特尼奥夫的学生[1]，我特别喜欢。他皮肤黑黑的，头发也很黑，像个日本人；一脸的小黑点，像沾了火药似的；他总是乐呵呵的，玩起游戏来得心应手，讲起话来非常风趣，是一个多才多艺的好苗子。但是，他几乎像所有俄国有才能的人一

1 古里·普列特尼奥夫（1864—1922），一个银行职员的儿子，喀山大学医学系的学生，1888年1月因参加学潮被校方开除，1889年9月前一直被关在喀山和彼得堡的监狱内。

样，只靠大自然赋予他的才能吃饭，不想进一步去提高和发展自己的能力。他听觉敏锐，乐感好，喜欢音乐，能够熟练地演奏古斯里琴[1]、三弦琴和手风琴，但他不愿意去掌握更高级的、难度更大的乐器。他生活贫困，穿得很差，但他身上的破衣烂衫、满是补丁的裤子和脚上的破皮靴，和他的剽悍的性格、强健的体魄和豪放的作风，倒是非常相称。

他像是一个久病初愈的人，刚刚才能够起来行走；又像是一名昨天才从狱里释放出来的囚犯，生活中的一切，对他来说都是新鲜的，令人愉快的；他感到兴高采烈，心花怒放——兴冲冲地又蹦又跳，跟遍地开花的烟花爆竹一样。

他知道我生活困难、处境险恶后，便让我搬到他那里住，去当一名农村教师。于是我就住进了这个奇特、欢乐的贫民窟——“马鲁索夫卡”[2]了。可能不止一代的喀山大学生都知道这个地方。它就是鱼市街那幢很大的破烂不堪的房屋，它好像是由许多食不果腹的大学生、妓女和一些幽灵似的无用之辈从房主手里夺过来的。普列特尼奥夫就住在走廊楼梯下的一个格子间里，那里放着他的一张床，走廊的尽头紧靠着窗子，有一张桌子和一把椅子，这就是他的全部家当。有三个房间的门冲着走廊，其中两间由妓女们住着，第三间住的是教会学校一个患肺结核的学数学的学生，他这个人长得又高又瘦，样子看上去有点吓人：棕红色的头发，一脸胡子拉碴，身上穿得破破烂烂，勉强遮盖着身子，透过衣服破烂的地方，可以清楚地看见他那发青的皮肤和瘦骨嶙峋

1　俄国一种多弦拨弦乐器，有翼形（5~12根弦）、钟形（11~36根弦）和直角形（35~66根弦）三种琴型。

2　高尔基从1884年10月到1885年5月在这里住过。

的身体上的一根根肋骨。

他好像就靠吃自己的指甲过日子，把手指头都快啃得出血了。他没日没夜地在画什么东西，计算来，计算去，吭吭喀喀不停地咳嗽。妓女们都害怕他，认为他是个疯子，但是出于怜悯，她们常常在他的门口放些面包、茶叶和砂糖，他从地上捡起这一包包的东西，拿回房间，像一匹精疲力竭的马似的，呼哧呼哧地直喘粗气。要是她们忘记放了，或者由于什么原因没有给他送这些东西，他就会打开门，冲着走廊，哑着嗓子喊道：

“面包呢？”

从他那深陷的两个黑眼窝里，流露出躁狂症患者常有的那种踌躇满志、不可一世的傲慢神色。偶尔有一个其貌不扬、矮小驼背的人到他那里去找他，这个人是个八字脚，酒糟鼻，戴一副深度眼镜，头发花白，面色蜡黄，一脸奸笑——整个一个阉割派教徒。他们把房门关得严严实实，能一连几个小时默默地坐着，莫名其妙地一声不吭。不过，有一次，夜里已经很晚了，那个学数学的学生声嘶力竭地把我叫醒说：

“我告诉你，这是一座监狱！几何学是个笼子，没错！是个捕鼠器，没错！是一座监狱！”

那个驼背的丑老头尖声尖气地嘻嘻笑着，翻来覆去地说着一个莫名其妙的词，而那个学数学的学生，这时突然大吼一声：

“滚！见你的鬼去吧！”

他的客人被狼狈地赶到了走廊，嘴里骂骂咧咧，身上披一件宽大的斗篷——那位学数学的学生则站在门口，高高的个子，凶神恶煞似的，把手指头插进乱蓬蓬的头发里，哑着嗓子叫道：

"欧几里得[1]是个傻瓜！傻——瓜……我能够证明上帝比这个希腊人要聪明！"

然后，他使劲在门上踹了一脚，只听见屋里有什么东西被震落了下来。

后来我很快了解到，他是想通过数学来证明上帝是存在的，但是他死得太早了，没有来得及证明这一点。

普列特尼奥夫在一家印刷厂给报纸[2]当夜班校对员，一夜挣十一个卢布，因此，要是我没有找到挣钱的工作，我们一天就只能靠四俄磅的面包、两戈比的茶叶和三戈比的砂糖过日子了。而我又没有多少时间去工作，因为我必须得学习。我非常吃力地在攻克科学的难关，特别是格式死板、内容烦琐的语法课，让我伤透了脑筋，我根本无法把生动、难学、变化多端的俄罗斯语言纳入语法的条条框框里去。但所幸事情很快就弄清楚了，原来我学这些东西"为时尚早"，即使通过了乡村教师的资格考试，由于年龄的关系，我也得不到这个职位。

普列特尼奥夫和我同用一张床，我晚上睡，他白天睡。他因为夜里没睡觉，早上下班回来时，无精打采，脸色发黑，眼睛发红。我赶紧去小饭馆里打开水，因为——不用说——我们没有茶炊。然后，我们坐在窗前，喝着茶，就着面包。古里·普列特尼奥夫给我讲述报上的新闻，朗读嗜酒如命的杂文作家"红色多米诺"的打油诗，他那种游戏人生的态度让我感到非常吃惊，我觉

1 欧几里得（Euclid），古希腊数学家，公元前3世纪在亚历山大任职，是希腊三大数学家之一，著有《几何原本》（15卷），总结了希腊数学300年来的发展，为数学的进一步研究奠定了坚实的基础。

2 指《伏尔加信使报》。

得，他对生活的态度，就跟对待那个倒卖女人旧衣服兼做皮条客的黄脸婆加尔金娜一样。

他向这个女人租了楼梯下的一个角落，但是他付不起“房租”，因此，作为报酬，他只好经常给她讲些笑话，逗她开心，给她拉手风琴，唱些动人的歌曲给她听。他是个男高音，每当他唱歌的时候，眼睛里总是流露出一丝讥讽与嘲弄的神色。加尔金娜年轻时当过歌剧合唱演员，在唱歌方面是个内行，因此，她唱起来往往非常投入，有时眼泪会从她那恬不知耻的眼睛里夺眶而出，顺着她这个贪吃贪喝的黄脸婆的浮肿的面颊流下来。这时，她会用胖乎乎的手指头抹去脸上的泪水，然后再用一块脏兮兮的小手绢细心地擦一擦手指。

“啊，古罗奇卡[1]，”她叹了气说，“您简直就是一个演员！您的长相，只用稍微再帅气一点，我就能够让您火起来！我给女人们推荐的年轻小伙子多了，她们孤身一人，心里寂寞得很呐！”

有一个这样的“小伙子”就住在我们的楼上。他是一名大学生，是毛皮匠的儿子；小伙子中等身材，宽肩膀，胸肌发达，胯骨特窄，整个人看上去像一个倒置的三角形，只是这个三角形下面的角被截掉了一些，他的脚长得特别小，跟女人的脚差不多，而且，他的脑袋也不大，深深缩进两个肩胛之中，一头红发向上支棱着；毫无血色的苍白的脸上，神情忧郁地瞪着两只有点发绿的金鱼眼。

1　古里的爱称。

他违背父亲的意愿，像一条无家可归的野狗，忍饥挨饿，想尽办法想把中学念完，然后再上大学，但他发现自己有一副很好的男低音嗓子——深沉、柔和，所以他又很想去学声乐。

加尔金娜正是抓住他的这一特点，把他介绍给一位富商的妻子。这位富婆四十岁上下，儿子已经是大学三年级的学生，女儿很快也就要中学毕业了。这女人长得很瘦，平胸，腰杆挺直，像个当兵的；她脸上毫无表情，像一名惩忿窒欲的修女；一双灰色的大眼睛深藏在两个黑眼窝里；她穿一件黑色的连衣裙，头上系一条老式的丝织头巾，耳朵下一对镶着绿宝石的耳环在不停地颤动。

有时候——晚上，或者一大早，她会来看看自己的这位大学生，而且，我不止一次地看见，这女人风风火火地一迈进大门，便穿过院子，径直向里面大步走去。她的脸色吓人，双唇紧闭——几乎看不见嘴唇；两只瞪大的眼睛，直视前方，一副忧心忡忡、万般无奈的样子，但是她好像什么都看不见。不能说她这个人有多么反常，但她身上确实有些使人明显感到不太正常的紧张情绪，这种紧张情绪，使她显得有些怪怪的，她的整个身心都得不到放松，总是绷着个脸。

“瞧，”普列特尼奥夫说，“跟疯子一样！”

大学生很讨厌这个富婆，常常躲着她，可是她紧追不舍，好像是一个不讲情面的讨债人，或者一个密探。

“我是个登不了大雅之堂的人，”他喝了口酒后，懊恼地说，“我为什么要唱歌呢？我这副嘴脸，这样的身材，人家是不会让我登台的，肯定不会让我登台！”

“这种烦心的事也该结束了！”普列特尼奥夫劝他说。

“是的，是该结束了，但我有点可怜她！我一方面感到受不了，可是我又很可怜她！要是你们知道她多么——唉……”

我们完全知道，因为我们曾经听见这个女人夜里站在楼梯上，用颤抖的声音，轻声苦苦哀求地说：

“看在上帝的份上……我的心肝宝贝，喏，为了上帝，我求求你了！”

她是一家大工厂的老板，有房产，有车马，为妇产科培训班捐的钱数以千计，可是她却像乞丐一样，低声下气地恳求男人的怜爱。

喝完茶，古里·普列特尼奥夫躺下睡觉了。我出去寻找工作，晚上回来时已经很晚，古里又该去印刷厂上班了。如果我带回了面包、香肠或煮熟的“下水”，我们就把这些东西一分为二，他把自己的那一份随身带走。

剩下我一人时，我就在“马鲁索夫卡”这个贫民窑的走廊各处转转，看看新来的人是怎样生活的。房间里住满了人，拥挤不堪，像个蚂蚁窝。屋内有一股难闻的气味，到处都黑乎乎的，好像充满了敌意。从早到晚，屋里的响声不断，缝纫机响个不停；合唱演员们在练嗓子；大学生在低声练习音阶的发音；喝醉酒的、疯疯癫癫的演员在高声地背诵台词；醉醺醺的妓女们在歇斯底里地狂呼乱叫。这时，我脑子里产生一个自然，但无法解答的问题：

“这一切到底是为什么呢？”

有一个红头发的男人，总在一些饥肠辘辘的青年中间转悠，一副莫名其妙的样子。此人谢顶头，高颧骨，大腹便便，两条小细腿，一张大嘴巴，一口大马牙——因为这口牙，人们就管他叫

“大红马”。他跟几个在辛比尔斯克[1]做生意的亲戚打官司已经打了两年多了，因此他逢人便说：

“拼了命，我也要把他们搞得倾家荡产！让他们满世界去行乞，过两三年讨饭的日子，然后我再把判给我的东西还给他们，统统返还给他们，并且要问上一句：‘怎么样，死鬼们？知道厉害了吧！’”

“大红马，这就是你生活的目的吗？”有人问他。

“我一心就扑在这件事情上了，别的什么我都没法干啦！”

他整天整天地待在地区法院、高等法院和自己所委托律师的身边；经常晚上坐着马车，带着大包小包、各种酒类和饮料回来，在自己那间天花板业已脱落、地板已经翘起的脏屋子里，邀请大学生、缝纫女工，以及一切想饱饱口福和喝上几杯的人举行热闹的酒会。大红马本人只喝罗木酒和别的软饮料，结果，桌布、衣服，甚至地板上，都被这些饮料弄上许多洗不掉的棕红色污点，几杯酒下肚后，他大声吼叫道：

“你们都是我的可爱的小鸟！我爱你们，你们都是老老实实的好人！而我却是个卑鄙小人，是一条鳄鱼，我要整垮我的亲戚，而且，一定能将他们整垮！真的！拼了命我也要……”

大红马眨巴着眼睛，整个一副可怜相。他那颧骨突出的愚蠢的脸上，泪如泉涌，一脸酒气。他用手擦去脸上的眼泪，随即顺手就抹到了膝盖上——他那肥大的裤腿上从来都是油迹斑斑。

“你们生活得怎么样？”他大声喊道。“饥饿、寒冷、破衣烂衫——难道这就是法律吗？这样的日子，能叫人从中学到什

1 俄国伏尔加河流域城市，1924年改名为乌里扬诺夫斯克市，是乌里扬诺夫州的行政中心，古比雪夫水库的港口。1870年4月22日弗·伊·乌里扬诺夫（列宁）诞生于此。

么？唉，要是皇上知道你们是怎样生活的就好了……”

这时他从口袋里掏出一沓五颜六色的钞票，对大家说：

“谁需要钱？拿去吧，弟兄们！”

合唱团的歌手和缝纫女工们，争先恐后地把钱从他那长满汗毛的手中抢了过去。这时候，他哈哈大笑地说：

“可这些钱不是给你们的！是给大学生们的。”

但是大学生们没有要这些钱。

“让这些钱见鬼去吧！”毛皮匠的儿子愤愤地喊道。

有一次，他自己喝得醉醺醺的，给古里·普列特尼奥夫带回来一沓揉成一团的十卢布的票子，他把钞票往桌子上一扔，说：

“这些钱——谁需要？我——用不着……”

他倒在我们的床上，大喊大叫，失声痛哭，因此，我们只好给他水喝，用水浇他。等他睡着后，古里·普列特尼奥夫想把这些钱摩挲平，但他发现这是不可能的——这些票子被压得非常瓷实，必须先用水把它们弄湿，然后才能一张张地分开。

房间里乌烟瘴气，肮脏不堪；房子的窗户正对着邻居家的一堵砖墙，屋里又挤又闷，吵吵嚷嚷，简直没法待。大红马的嗓门比谁都大。我问他：

“为什么您要住在这里，干吗不住旅馆呢？”

“亲爱的，住这儿图的是个心里痛快！跟你们在一起，心里特别舒服……”

毛皮匠的儿子证实说：“没错，大红马！我也是这样。换个地方我可能就受不了……”

大红马向古里·普列特尼奥夫请求道：

“弹一段吧！唱一个……”

于是古里把古斯里琴往膝盖上一放，唱道：

快快升起来，快快升起来，

你这红色的太阳……[1]

他的嗓音委婉动听，沁人肺腑。

屋子里非常安静，大家若有所思地倾听着他那如泣如诉的歌声和古斯里琴轻盈舒缓的铮铮琴声。

“太好了，真见鬼！”那个给富婆消愁解闷的倒霉蛋嘴里嘟哝着说。

在这座老房子里的形形色色的住户中，古里·普列特尼奥夫算是最聪明的了。他的名字就意味着欢乐[2]，他充当着神话故事中善良精灵的角色。他的内心充满了生动活泼的青春朝气，他通过有趣的笑话、动听的歌曲和对世人陈规陋习的辛辣讽刺，照亮了生活，给生活增了辉。他刚满二十岁，看上去还是个半大孩子，但住在这里的人遇到困难时，都把他看成是一个能够为他们出主意、想办法的人，而且他总是能够给他们以帮助。好人喜欢他，坏人害怕他，甚至老巡警尼基福雷奇见到古里·普列特尼奥夫时也要打个招呼，脸上露出狡猾的微笑。

“马鲁索夫卡”这个贫民大院，是上山去的一个“通道”，它连接着两条街：一条是鱼市街，另一条是老陶器街；紧靠老陶器街尽头，离我们院大门不远处，有一个很舒适的角落，巡警尼基福雷奇的岗亭就在那个地方。

1　一首古老的俄罗斯民歌。

2　指他的名字古里与古斯里琴有些相近。

他是我们这个街区的老警长，高高的个子，人又干又瘦，胸前挂满了奖章；长着一张聪明的脸，笑起来和蔼可亲，眼睛里透出几分狡黠。

他对这个人来人往、闹闹哄哄的大杂院非常关注，每日必来巡查几次，每次都警容严整，齐楚划一；他不慌不忙地挨家挨户察看一下他们的窗户，就像动物园的巡视员察看笼子里的动物一样。冬天，他在一个房间里逮捕了一个一只手的军官斯米尔诺夫和一名士兵穆拉托夫[1]；这两个人都是圣乔治十字勋章的获得者，参加过斯科别列夫[2]率领的阿哈尔捷金远征军。被抓起来的还有佐布宁、奥夫相金、格里戈里耶夫和克雷洛夫等人——据说他们试图建立一个秘密印刷所；穆拉托夫和斯米尔诺夫星期日大白天跑到市里闹市区克留奇尼科夫的印刷所想偷铅字，因此才被抓了。可是有一天夜里，宪兵从“马鲁索夫卡”还抓走了一个居民——一个个子高高，整天愁眉苦脸，我给他起个外号叫“活动钟楼”的人。早上，古里·普列特尼奥夫听说这事后，情绪非常激动，他把自己的一头黑发弄得乱七八糟，对我说：

“听我说，马克西梅奇，没王法了，全乱套了，老弟，赶紧，快跑……”

他向我说应该往哪儿跑后，又补充了一句：“一定要当心，不可大意！那里也许有密探……”

这种神秘的嘱托令我感到异常兴奋，于是我像雨燕似的，飞

1　事情发生在1886年的1—2月间，当时被捕的人有退伍陆军中尉、民意党人Γ.П.斯米尔诺夫、士官B.穆拉托夫和佐布宁等喀山大学的几名学生。

2　米·季·斯科别列夫（1843—1882），俄国陆军上将（1881），1873年曾远征中亚；1880—1881年又指挥了阿哈尔捷金的远征；1873—1876年镇压过浩罕起义；1877—1878年参加过俄土战争。

快地向船舶修造厂那里跑去。到了那里，在铜匠师傅昏暗的作坊里，我看见一个满头卷发、眼睛湛蓝的年轻人，他正在往一只平底锅上镀锡，不过看上去他不像个工人。而在屋角处，在一台虎钳的旁边，一个小老头儿正在打磨一个阀门，他用一条细小的皮带子把自己的白头发向上拢了起来。

我问铜匠师傅："你们这里有活儿干吗？"

老头儿气呼呼地回答说："活儿我们倒是有，可是对你来说——没有！"

那年轻人瞥了我一眼，又埋头镀他的平底锅了。我用脚轻轻地踢了踢他的脚，他惊讶地瞪大一双蓝色的眼睛，愤怒地盯住我，同时紧紧握住平底锅的把手，好像要冲我砸过来似的。但他发现我在向他递眼色后，便心平气和地对我说："走吧，你先走吧……"

我又向他使了个眼色，走到门外，站在大街上。那一头卷发的年轻人，伸了个懒腰，也跟了出来，他抽着烟，一声不响地直盯住我看。

"您就是吉洪吗？"

"嗯，没错！"

"彼得被捕了。"

他紧皱眉头，一脸的不高兴，一再用眼睛打量我。

"是哪个彼得？"

"高个子，像教堂助祭的那个。"

"是吗？"

"别的没什么了。"

"什么彼得、助祭等，跟我有什么关系？"铜匠师傅问道，他问这个问题的神情语气使我确信他不是个工人。我跑回家去，为我完成了一项嘱托而深感自豪。这是我生平第一次参加“地下工作”。

古里·普列特尼奥夫和他们的关系非常密切，但他在回答我想加入他们圈子的要求时却说：

“你呀，小老弟，对你来说还早着呢！你应该学习……”

叶夫列伊诺夫介绍我认识一位神秘人物[1]。见面的过程很复杂，有种种预防措施，这使我预感到这件事情非同小可。叶夫列伊诺夫将我领到城外，来到阿尔斯克旷野，路上他一再叮嘱我对这次见面要格外小心，严加保密。然后，他环顾四周，向我指着一个远远在旷野漫步的很小的灰色人影，小声说：

“瞧，就是他！过去吧，等他站住后，你就走过去，对他说：‘我是从外地来的……’”

神秘的活动总是令人高兴的，但这次会面却让我觉得有些好笑：大热天，烈日当空，一个孤零零的灰色人影，像一根草似的在旷野里晃来晃去，这就是全部的内容。在一座墓地的门口，我赶上了他，站在我面前的原来是一位翩翩少年，长着一张毫无表情的小脸，两只像鸟儿似的圆眼睛，目光锐利，咄咄逼人。他穿一件中学生常穿的灰大衣，但是浅颜色的纽扣已经没有了，换上了深色的骨质纽扣，旧帽子上还看得见帽徽的痕迹，总之，他给人的印象是：羽翼未丰，他却想让人觉得他已经是个长大成熟的人了。

我们坐在墓旁的树荫下。他说起话来枯燥得很，但非常务

1　指M.E.别列津（1864—？），积极参加喀山地下小组活动，1907年任第二届国家杜马副主席，十月革命后在合作保险领域工作。

实，我压根儿不喜欢他。他严厉地盘问我读过什么书，建议我参加一个他组织的小组，然后我们便分手了——他先走，走前还小心翼翼地向荒野四周打量一番。

参加小组活动的还有三四个青年，其中数我最年轻，而且，对于由车尔尼雪夫斯基点评的约翰·斯图尔特·穆勒的著作的研究，我完全没有准备。我们常常在师范学院的学生米洛夫斯基的家里聚会[1]，后来他曾用叶列翁斯基的笔名写过一些短篇小说，还写了五本书，最后，竟然自寻短见了。我遇见的随便结束自己生命的人真是太多了！

他这个人不爱说话，性格不开朗，说话谨小慎微。他住在一幢很脏的楼房的地下室里，为了保持“身心平衡”，经常干点木工活。跟他在一起十分枯燥。读穆勒的书，我不感兴趣，因为很快我就发现，经济学的基本原理，我非常熟悉；我是通过自己的亲身体验直接掌握的，它们就书写在我的皮肤上，简直是刻骨铭心；再说了，我觉得也不值得用那么艰涩难懂的语言，写那么大厚本的书，讲些凡是为“他人”幸福与安逸出卖劳力的人一听就完全明白的道理。我要花很大的毅力才能在这个充满胶水气味的地下室里待上两三个小时，观察一个个潮虫是如何在肮脏的墙壁上爬来爬去。

有一次，辅导学习的老师比平时来晚了，我们以为，他可能不会来了，于是便买了一瓶伏特加酒，还有面包和黄瓜，举行一个小小的宴会。可是，突然，我们看见辅导老师的灰色裤腿从地下室的窗口外一闪而过，我们就赶紧把酒往桌子底下藏，可这

1　C.H.米洛夫斯基（1861—1911），神学院的学生，喀山地下活动小组领导人之一，后来成了一名作家（见《高尔基文集》30卷集，第25卷，第330～336页）。

时他已经进来了，而且马上就开始讲解车尔尼雪夫斯基的种种高论。我们大家坐在那里，一动不动，跟木偶似的，直担心我们有人会不小心踢倒酒瓶子。然而，碰倒酒瓶子的恰恰是我们的辅导老师。他把酒瓶碰倒后，往桌子底下看了看，一句话没说。唉，他还不如痛骂我们一顿呢！

他一言不发，紧绷着脸，眯缝着眼睛，显得很不高兴，这使我感到非常尴尬。我偷偷看一眼同伴们羞得满面通红的脸，深感自己在辅导老师面前犯了罪，从内心深处感到对不起他，尽管这次买酒的主意并不是我出的。

小组朗读非常枯燥，我很想到鞑靼人的镇子上去，那里的人，民风淳朴，待人热情，是一方特有的净土；他们讲的俄语，南腔北调，十分可笑。一到傍晚，阿訇[1]们从清真寺的塔楼上怪声怪气地招呼大家到清真寺去做星期——我想，鞑靼人过的完全是我所不了解的另外一种生活，与我所知道和不喜欢的那种生活完全不同。

伏尔加河上劳动生活的音乐深深地吸引着我，这种音乐，至今仍使我乐而忘返，怦然心动。我清楚地记得我第一次感受到英雄劳动诗篇的那一天。

一艘满载波斯货物的大驳船在喀山附近触礁搁浅了，船底被撞了个大窟窿。装卸工人劳动合作组织叫我们从船上往下卸东西。当时是九月天，从上游过来的风一个劲儿地刮着，灰色的河面上波浪滚滚，怒涛汹涌，狂风冷雨，迎面袭来。劳动合作组织派来的装卸工约有五十人，他们身披编织袋和雨衣，一个个愁眉

---

1 阿訇，波斯语，意为老师或学者。伊斯兰教对主持清真寺宗教事务人员的称呼。——编者注

苦脸地待在空驳船的甲板上。一艘小拖轮气喘吁吁地拖着大驳船向前航行，将一团团红色的火花撒向雨中。

夜幕降临。灰暗、潮湿的天空黑了下来，笼罩在河面上。装卸工人们牢骚满腹，骂骂咧咧，一个劲儿地在骂雨、骂风、骂生活；他们无精打采地在甲板上转来转去，想避开风雨和寒冷。我觉得这些睡眼惺忪的人们干不了什么活儿，他们也挽救不了将要沉没的满船货物。

快到半夜的时候，拖轮才开到大驳船触礁搁浅的地方，他们把空驳船和搁浅的大驳船的船舷拴在一起。劳动合作组织的领班是个对人很凶的小老头儿，一脸麻子，诡计多端，满嘴脏话，长有一双鹰的眼睛和鹰一样的鼻子，他从谢了顶的脑袋上摘下被雨水打湿的帽子，像女人一样尖着嗓子喊道：

“伙计们，快祈祷吧！”

驳船的甲板上，黑灯瞎火，装卸工人们黑压压地挤作一团，像狗熊似的，嘴里哼哼哧哧；领班的最先祈祷完，他尖着嗓子喊道：

“把灯拿过来！喏，伙计们，干出个样子来！真的，孩子们！上帝保佑你们！大家开始干吧！”

于是，这些行动笨拙、有气无力、浑身湿透的人们开始要“干出个样子来”了。他们像冲锋打仗一样，一下子跳到将要沉没的驳船的甲板上，钻进船舱——他们吆喝着，喊叫着，互相逗闹打趣，有说有笑。成袋的大米、一包包葡萄干、皮革、卡拉库尔羊羔皮，像鸭绒枕头似的，从我身边一闪而过；一个个粗壮的身影，你来我往，川流不息。他们彼此吆喝着，吹着口哨，嬉笑怒骂，互相鼓气。很难相信，这帮笨手笨脚、愁眉苦脸的人，刚才还在牢骚满腹，骂骂咧咧，诅咒生活，诅咒下雨，诅咒寒冷，一旦干起活来，却是那么轻松愉快，生龙活虎。雨越下越大，天气也越来越冷，狂风一个劲儿地猛吹，把他们的衬衣下摆纷纷掀起，倒扣在他们的头上，肚子全裸露在外面。在六盏照明灯的微弱的灯光下，在湿淋淋的黑暗中，一个个黑乎乎的身影，踏着驳船的甲板，脚下发出扑通扑通的响声，没完没了地一趟一趟地搬运着。他们工作得非常起劲，好像早就渴望着能够大干一场，好好享受一下装卸四普特重的大米袋也不过是举手之劳的乐趣，过一过扛着大货包健步如飞的瘾。他们干得是那样开心，像孩子似的欣喜若狂，跟喝醉了酒一样——只有搂住女人的时候才会有这样甜蜜的感觉。

一个身材高大、留着大胡子的人，穿一件紧身大衣，浑身都湿透了，上下光溜溜的——兴许他就是货主，或者是货主的代理人，他突然兴奋地大声喊道：

"小伙子们，我拿出一桶酒来！哥们儿——两桶也行啊！大家加油干呀！"

马上有几个粗嗓门从黑暗处喊道：

"三桶吧！"

"三桶就三桶！干吧，可得好好干！"

于是，大家干得更欢了。

我也抓起袋子，扛上就走，然后撂下，再扛上走，再撂下；我觉得，我自己和周围的一切都在疯狂地跳舞，这些人能够如此拼命地干活，乐此不疲，不知疲劳，从不怜惜自己——他们可以成年累月地干；可以托起城里的钟楼和高塔，想把它们搬到哪里，就搬到哪里。

这一夜，我体验到了从未体验过的快乐，我的心变得亮堂了，我希望今生今世永远生活在这种半疯狂的劳动兴奋之中。船外，浪花在起舞，雨点拍打着甲板，狂风在河上呼啸。茫茫晨曦中，一个个像落汤鸡似的，他们衣不遮体地在迅速地、没完没了地前后奔跑；他们喊叫着，说笑着，欣赏着自己的力量和劳动。而这时，狂风已经驱散了浓厚的乌云，粉红色的阳光，照射着天空一块湛蓝明亮的彩云——这群像野兽一样兴高采烈的人们，甩动着头上的乱发，异口同声地对着太阳大声地吼叫着。我真想过去好好地拥抱和亲吻一下这些两条腿的野兽们，他们干起活来是那样足智多谋，那样干脆利落，全力以赴，全然忘记了自己。

给人的感觉是，这种高昂的劳动热情和冲天的干劲，是什么力量也阻挡不住的，它能够创造人间的奇迹，能够像预言未来的童话故事所说的那样，一夜之间，让一座座美丽的宫殿和城池在各处拔地而起。太阳鸟瞰人们的劳动，一两分钟便被浓浓的乌云挡住，像婴儿沉入大海似的完全被淹没了，而雨则由小变大，继而变成了倾盆大雨。

“就干到这儿，休息吧！”不知是谁喊了一声，但马上就有人愤怒地回了一句：

“胡说，我看你敢去休息！”

这些衣不遮体的人们一直干到下午两点钟，中间从没有休息。他们顶着狂风，冒着大雨，直到把全部货物卸完为止。他们使我真正明白了人类世界拥有何等强大的力量啊。

然后，他们回到轮船上，像喝醉了酒似的，倒头便睡。船到喀山，他们一个个灰头土脸地拥上岸去，直奔小酒店，喝他们那三桶伏特加酒去了。

在小酒店里，小偷巴什金走到我跟前，仔细看了看我，问道：

“你干什么去了？”

我兴高采烈地给他讲述了我干了些什么，他听后叹了口气，很不以为然地说：

“傻瓜，比傻瓜还傻——白痴！”

他吹着口哨，像一条鱼似的不停地扭动着身子，在拥挤的桌子中间转来转去，装卸工们围着桌子边吃边喝，非常热闹；这时，屋角里不知是谁，用男高音唱起一支低俗下流的歌曲：

> 哎哟哟，
> 这事儿发生在一个晚上，
> 太太来到小花园闲逛，
> 哎哟哟！

有十来个人一面拍打着桌子，一面大声地跟着唱道：

> 一名更夫在城里巡查，
> 看见太太正躺在地上……

笑声，口哨声，各种污言秽语，不绝于耳，大概世界上再没有比这更不知羞耻的话了。

有人介绍我认识了安德烈·杰连科夫[1]。他开了一间小杂货铺，就在峡谷上边一条很不起眼的狭小街道的尽头，地点非常偏僻，附近堆放着许多垃圾。

1 大部分高尔基传记的作者都认为“高尔基到喀山不久”就成了A.杰连科夫（1855—1953）家小杂货铺的常客（见《高尔基及其时代》，第586页）。

杰连科夫因肌肉萎缩手臂不好使唤，他这个人长得很面善，留着花白胡子，有一双聪明的眼睛。他有一个全市最好的图书馆，里面收藏有许多禁书和稀世珍本，喀山许多高校的大学生[1]和各种富有革命精神的人都来他这里借书。

杰连科夫的杂货铺开设在一座矮小的房子里，紧挨着一个阉割派教徒——银钱兑换商的家；铺子的一扇门通往一个大房间，里面的光线很暗，因为只有一扇窗户对着院子，大房间连过去是一间小厨房，厨房后面，在杂货铺和银钱兑换商家房子间的昏暗过道里，有一间小小的储藏室，那个不可告人的图书馆就隐藏在这里。它的一部分藏书是很厚的手抄本，如拉夫罗夫[2]的《历史信札》，车尔尼雪夫斯基的《怎么办》，皮萨列夫[3]的一些文章，《饥饿王》[4]《巧妙的圈套》[5]等，所有这些手抄本，经过人们反复借阅，已经破旧不堪了。

当我第一次来到杂货铺时，杰连科夫正在接待顾客，他冲我

1　除喀山大学外，喀山当时还有神学院、教师学院、兽医学院及三所女子中学、三所男子中学。

2　彼·拉·拉夫罗夫（1823—1900），俄国哲学家，社会学家，政治家，革命民粹派思想家之一。1868—1869年发表《历史信札》一书，对革命青年很有影响。

3　德·伊·皮萨列夫（1840—1868），俄国革命民主主义者，政论家，文艺批评家，唯物主义哲学家，空想社会主义者。20世纪60年代因宣传革命被捕入狱。主张通过发展工业达到社会主义，认为自然科学是教育手段和生产力。主要著作有《劳动史纲要》《现实主义者》《美学之毁灭》等。

4　《饥饿王》，俄国民意党人A.H.巴赫（1857—1946）当年写的一本地下小册子，旨在通俗地讲述马克思的经济学理论；巴赫早年参加革命运动，后侨居瑞士，1917年回国，是苏联生物化学学派的创始人，苏联科学院院士（1929）。《饥饿王》开始以油印的方式散发，后来在民意党人办的地下印刷厂里印刷成册。高尔基当年转抄的部分内容至今还保留在喀山的高尔基博物馆内。

5　《巧妙的圈套》是俄国统计学家和经济学家瓦·叶·瓦尔扎尔（1851—1940）写的一本书。作者是俄国工业统计学的奠基人，曾对1900年、1908年的俄国工业做过统计调查，列宁曾引用过他的调查材料。

点点头，让我自己往里走。我进去一看：黑乎乎的角落里有一个小老头儿正跪在地上虔诚地向上帝做祈祷，老头儿的样子很像谢拉菲姆·萨罗夫斯基[1]的画像。我看着这个老头儿，就感到什么地方有点不对劲，觉得非常别扭。

关于杰连科夫，有人告诉我，说他是“民粹派”[2]。在我的印象里，民粹派就是革命者，而革命者是不应该信上帝的，这老头儿在这里向上帝祈祷，我认为是多此一举。

他祈祷完毕，仔细理了理头上的白发和胡子，认真地看了看我，说：

“我是杰连科夫的父亲。可您是谁呀？是吗？我还以为您是一位化了装的大学生呢。”

“为什么大学生要化装呢？”我问道。

“可不是吗，”老头儿小声说，“因为无论怎样化装，总是瞒不过上帝的！”

他去了厨房，而我则独自坐在窗前想事儿，这时，我突然听见有人说：

1　谢拉菲姆·萨罗夫斯基（1760—1833），坦波夫省萨罗夫修道院的修士，20世纪初被东正教会奉为圣徒。

2　即民粹主义者。民粹主义是1861—1895年俄国资产阶级民主解放斗争时期平民知识分子的思想体系和社会活动，代表农民的利益，反对封建农奴制和资本主义在俄国的发展，主张通过农民革命推翻沙皇封建专制制度，认为俄国可以通过“村社”这种形式过渡到社会主义，否定无产阶级的革命领导作用。他们自认为是人民的精粹，故有“民粹派”之称。

"这就是他呀！"

厨房门口站着一位姑娘[1]，一身素白，浅黄色的头发剪得很短；她的脸色苍白，而且有些浮肿；微笑的时候一双蓝眼睛闪闪发亮。她看上去很像一些廉价彩色画上的天使。

"您怕什么呢？难道我就那么可怕吗？"她说。她说话的声音很尖，有些颤抖，同时手扶着墙，小心翼翼地慢慢向我走来，那样子仿佛不是走在坚实的地板上，而是走在悬空的、摇曳不定的绳索上。她这种不会走路的样子，更使人觉得她仿佛是另外一个世界的人。她整个身子都在颤抖，好像脚上扎了针似的，而墙壁也好像烫着了她稚嫩的浮肿的双手。她两只手的手指头不知为什么都不会转动。

我一声不吭地站在她面前，有一种很奇怪的不知如何是好的感觉，只觉得她实在是太可怜了。这间昏暗的屋子里真是无奇不有啊！

姑娘小心翼翼地在椅子上坐了下来，好像担心椅子会从她身下飞走似的。她很坦诚地告诉我——任何人都不会这样，说她能够下地走路只不过才四五天的时间，此前差不多有三个月时间，她只能躺在床上——她的手和脚都不听使唤了。

"这是一种神经性疾病。"她微笑道。

记得我当时很希望有人能对她的这种状况有个别的什么解释。神经性疾病——对于这样一个姑娘，在这样一个奇怪的房间里，未免太过于简单了。房间所有的东西，都规规矩矩地紧贴墙壁靠着，屋角圣像前有一盏长明灯，灯光照耀得非常明亮，长明灯上铜吊链

1 即安德烈·杰连科夫的妹妹M.C.杰连科娃（1866—1930），中学毕业后，1886—1888年在大学学妇产科专业。

的阴影，在大餐桌的白台布上莫名其妙地晃来晃去。

“我听说过您的很多事，所以我很想看看您到底是什么样子。”我听见一个稚气而尖细的声音说。

这位姑娘仔细地打量着我，使我感到非常难受，浑身不自在；我从她那双蓝眼睛中看到一种能洞察一切的东西。跟这样的姑娘我没法儿——也不善于——进行交谈。于是，我一言不发，只是望着赫尔岑[1]、达尔文和加里波第的画像。

这时，从杂货铺里突然窜出一个和我年龄相仿的小伙子，浅颜色的头发，一副目中无人的样子；他磕磕巴巴地喊了一嗓子：“你怎么爬下来啦，玛丽亚？”然后便消失在厨房里了。

“他是我弟弟，阿列克谢，”姑娘说，“我是学妇产科的，这不，眼下病倒了。您怎么不说话呀？是不好意思吗？”

这时，安德烈·杰连科夫来了，他把自己有残障的那只手插进怀里，另只手默默地抚摩着妹妹柔软的头发，把它们弄得乱七八糟，然后问我想找什么样的工作。

后来又来了一个长着红色卷发，身材匀称，眼睛有点发绿的姑娘。她很严厉地看了看我，拉着一身素白衣服的姑娘的手，把她领了出去，并且说：

“够了，玛丽亚！”

用正式名字叫这个姑娘有点不大合适，对一个姑娘来说，显得太过生硬了。[2]

---

1 亚·伊·赫尔岑（1812—1870），俄国革命家、作家、哲学家；哲学著作有《科学上一知半解》《自然研究通信》等，长篇小说《谁之罪》、回忆录《往事与随想》等。

2 玛丽亚是正式名字，一般对女孩子叫小名和爱称要显得更亲切一些，如叫玛尼娅、玛莎、玛申卡、玛鲁霞、玛鲁先卡、玛涅奇卡等。

随后我也离开了，但不知为什么，心里有点不平静。过了一天，晚上，我又坐在这间屋子里，想弄明白他们在这里是怎样生活的，都做些什么，他们的生活是有点奇怪。

那个和蔼可亲的老头儿斯捷潘·伊万诺维奇皮肤很白，整个人好像透明似的。他坐在一个角落里，蠕动着黑乎乎的嘴唇，从那里朝这边望着，露出一丝微笑，仿佛在恳求说：

“请不要打扰我！”

他的胆子特别小，像兔子似的，总担心要大祸临头——这一点我看得很清楚。

一只手不听使唤的安德烈穿了件灰色的夹克，夹克胸口处沾的净是油污和硬邦邦的面粉嘎巴儿。他在屋子里走起来总是溜边，抱歉似的满脸赔笑，好像一个刚刚因淘气被原谅了的孩子。他的弟弟阿列克谢在帮他做生意，可是阿列克谢这个小伙子，人又懒，性格又粗鲁。他的三弟伊万在师范学院学习，平时住校，只有逢年过节的时候才回家。他个子矮小，穿得干干净净，头梳得油光锃亮，很像一个旧时的官吏。病魔缠身的玛丽亚住在阁楼上，很少下来；她一到来我就感到很不自在，好像有一根看不见的绳子把我和她拴在一起似的。

杰连科夫家的家务全由房东——一个阉割派教徒的妻子来照料。这女人是个瘦高个儿，面孔跟木头人似的，正颜厉色，像个凶狠的修女。刚才来这儿的那个红头发姑娘娜斯佳，就是她的女儿；当她用两只绿眼睛打量男人时，她那翘鼻子的两个鼻孔总是一动一动的。

但是，杰连科夫家的真正主人，则是喀山大学、神学院和兽医学院的大学生们——这是一帮不甘寂寞的人，他们非常关心俄罗斯人民，无时不在为俄国的未来忧心忡忡、殚精竭虑。他们总是为报上发表的文章，为刚刚读过的书中的结论和城市与大学生活中发生的种种事情而激动万分，晚上从喀山的四面八方跑到杰连科夫的小杂货铺来，进行激烈的争论，要么就躲在一边，窃窃私语。他们往往带来大本大本的书，用手在书上指指点点，互相大声地争吵着，阐明自己所赞赏的道理。

不用说，我对这些争论一点都听不懂，对于我来说，真理在这些夸夸其谈中渐渐看不见了，就跟穷人家菜汤里的油星一样。有些大学生让我想起了伏尔加河地区某些教派的满腹经纶的老头儿，但是我明白，我看到的这些人，他们是打算将生活变得好一些的，虽然他们的满腔真诚在滔滔不绝的言谈中显得有些含混不清，但是还没有完全被这种言谈所淹没。他们想要解决的问题我是清楚的，而且我个人也希望这些问题能够顺利解决。我好像觉得，大学生们的话跟我心里所想的往往不谋而合，因此，我对这些人的态度就像一个俘虏将要得到自由时的心情那样，既心存感激，又兴奋异常。

他们看我的时候，就跟木匠看一块木料似的，觉得这块木料可以做一个非同寻常的物件。

“是一块好材料！”他们彼此向对方介绍我时说，那种得意的神情，就跟街上孩子在路上捡到一枚五戈比的硬币互相显摆时一模一样。我不喜欢他们称我“是一块好材料”和“人民的儿子”——我感到自己是生活中的不幸者，而且有时候我明显感到有一种沉重的压力，它制约着我的智力的发展。比如，我看见书店橱窗里有一本书，书名我从未看见过，叫《警句与格言》[1]，我非常想读一读这本书，于是我请求神学院的一位大学生给我借来。

“得了吧，您！”这位未来的高级神职人员讽刺挖苦地说了一句。他的脑袋长得有点像黑人——卷头发，厚嘴唇，牙齿整齐。“老弟，你这是在胡闹。给你什么你就读什么得了，对你不适合的领域，你就别往那里瞎掺和了！”

老师粗暴的语调深深刺痛了我的心。书，我当然买来了，一部分钱是我在码头上干活挣的，另一部分钱是我向安德烈·杰连科夫借的。这是我买的第一本正经八百的书，至今它还保存在我的身边。

一般地说，人们对我的态度还是相当严厉的：当我读完了《社会科学入门》[2]后，我觉得，游牧部落民族在组织文化生活方面的作用，被作者夸大了，他低估了精明能干的流浪汉和狩猎者的作用。我把我的质疑告诉了一个学语文的大学生，而他却尽量让自己的那张娘娘脸装出一副煞有介事的表情，就“批评权”的问题，给我讲了整整一个小时。

“为了拥有批评权，必须要相信一种真理。您相信什么呢？”他问我。

他甚至在大街上还看书——走在人行道上，边走边看，所以

1　作者叔本华（1788—1860），德国理性主义哲学家，唯意志论的代表人物，其主要著作《世界即意志和观念》将世界的本质解释为非理性的意志，是对生活的盲目的追求，只有在近似“涅槃”的状态下才能“脱离”世界的目的，其悲观主义哲学19世纪后半叶在欧洲颇为流行。

2　该书作者是俄国社会学家、政论家和经济学家瓦·瓦·别尔维-弗列罗夫斯基（1829—1918）。1862—1887年曾经被流放。著有《俄国工人阶级的状况》（1869）、《社会科学入门》（1871）和回忆录《革命幻想家札记》（1929）等。

老是撞着人。他因患斑疹伤寒在阁楼上躺着时还大声地喊着：

“道德应该是集自由与强制因素于一体的和谐的结合——和谐的，和谐——和谐——和谐的……”

一个温文尔雅的人，由于经常挨饿而变得弱不禁风，还要执意去寻找永恒的真理，结果弄得身心疲惫，劳累不堪，除了读书，他压根儿不懂得其他任何乐趣；当他觉得他化解了两位大思想家的矛盾时，他那双可爱的黑眼睛便会像孩子似的露出幸福的微笑。离开喀山十多年后，在哈尔科夫[1]我又见到了他。他在凯姆[2]被流放五年，后来重又回到大学里读书。我觉得，他一直生活在错综复杂的思想矛盾之中，他因患肺结核人都快不行的时候，还一心想要把尼采[3]和马克思调和起来。他一面咯着血，一面用冰冷的手紧紧抓住我的手，声音嘶哑地说：

“没有综合，就无法生活！”

他在去大学的路上，死在电车车厢里了。

我见过不少为追求真理而以身殉职的伟大圣徒，他们在我的心目中永远都是神圣的。

经常在杰连科夫家聚会的这类人，大约有二十个——其中甚至有一个日本人，是神学院的学生，叫佐藤。有时候还有一个身体非常魁梧的大个子，一脸络腮胡子，光头，跟鞑靼人似的[4]。他穿一件后身打褶的灰色立领上衣，扣子一直扣到下巴底下。通常

1 乌克兰哈尔科夫州行政中心。

2 俄国城市，位于卡累利阿自治共和国境内，凯姆河河口，有铁路，可通航。

3 尼采（1844—1900），德国哲学家、诗人、非理性主义者、唯意志论者，“生命哲学”的创始人之一。

4 指M.A.罗马斯（1859—1920），革命民粹派人，1879年因在工人中间进行革命宣传而被捕，后被流放到东西伯利亚，1884年回到基辅，次年又被发配到喀山。

他总爱坐在一个角落里，抽着一支短烟斗，用他那灰色的眼睛，冷静观察着每一个人。他的目光常常盯在我的脸上，我觉得这个非常严肃的人在暗暗地揣摩我，于是，不知为什么，我就存了个戒心。他一直都不说话，这使我感到非常奇怪，周围的人都在高谈阔论，口若悬河，斩钉截铁，态度坚决。不用说，他们的话说得越激烈，我就越爱听；很长时间我才琢磨过味儿来，在这些激烈的言辞后面，常常掩盖着一些无足轻重、似是而非的思想。这个满脸胡子的大高个儿为什么一言不发呢？

人们叫他霍霍尔[1]，看来，除了安德烈·杰连科夫，谁都不知道他的名字。没过多久，我就听说，这个人不久前才从流放地回来，在雅库特省待了十年。这就更增加了我对他的兴趣，但这还不足以鼓起我要和他认识的勇气，虽然我这个人既不害羞，也不怯场，相反，我有一种强烈的好奇心，对一切事情都喜欢刨根问底，而且越快越好。这种性格，使我一辈子都无法认认真真地去研究一样东西。

当谈到人民的时候，我感到非常吃惊和难以置信的是，对于这个话题，我和这些人的想法是那样的不同。对于他们来说，人民是智慧、美德和善良的化身，几乎是和上帝浑然一体的，是包容一切美好、公正、伟大精神的载体。我没有见过这样的人民。我见过工匠、装卸工、石匠，知道雅科夫、奥西普、格里戈里这些人，而他们在这里讲的只是总体上的人民，而且把自己置于人民之下很低很低的位置，完全听命于人民的意志。可是我觉得，恰恰是他们这些具体的人在体现着美和思想的力量，在他们身上

1　原意是冠毛、额发的意思，是乌克兰人的一种习惯发型，后来变成了对乌克兰人的蔑称。

凝聚着、燃烧着对生活、对按照某种新的博爱原则，去建设自由生活的善良意志。

到目前为止，我在和我一起生活过的人们身上从未看到过的，恰恰就是这种博爱，可是这里的人们，言必称博爱，他们的每一个眼神里，都闪现着博爱。

那些对人民顶礼膜拜的人所说的话，像清新的雨露，沁润着我的心田，而那些真实描写农村黑暗生活和苦难农民境况的文学作品，对我也大有助益。我感到，只有强烈地、满怀热情地去关爱人，才有可能从这种关爱中汲取必要的力量，寻找和领悟生活的意义。从此，我不再考虑自己，而开始专心致志地关注别人了。

安德烈·杰连科夫真心诚意地告诉我，他开杂货铺所赚的那点钱，都用来赞助那些相信“人民福祉高于一切”[1]的人们了。他跟这些爱读书的人经常交往，就像一个虔诚的教堂助祭侍奉主教那样，对于他们的聪明才智，从不掩饰自己的欣喜之情。他心满意足地微笑着，把有残障的那只手揣进怀里，用另一只手来回捋着自己柔软的胡子，问我道：

“这样好吗？本来就是嘛！”

可是，当兽医拉夫罗夫扯着自己跟鹅叫似的怪里怪气的嗓子，像异教徒似的站出来反对民粹派的观点时，杰连科夫被吓得紧闭双眼，轻声嘟哝着说：

“净瞎捣乱！”

杰连科夫对民粹派的态度和我对民粹派的态度，非常相似，但是大学生们对他的态度，我觉得，就像老爷对待仆人和侍从那

1 引自俄国诗人涅克拉索夫（1821—1877）的长诗《谁在俄罗斯能过好日子》（1866—1876）的第4章，原诗为“人民的命运，人民的福祉，光明与自由，高于一切。”

样粗暴无礼，根本没拿他当成一回事。他自己还没有意识到这一点。他常常将客人们送走后，留下我在他那儿过夜。我们先把房间收拾干净，然后躺在铺了毡垫的地板上，在昏暗的灯光下，非常友好地低声进行长时间的交谈。他怀着一个有信仰的人偷着乐的心情对我说：

“等聚集起成千上万这样的好人，就能够把俄国所有的重要部门一举拿下来，到时候，整个生活一下子就能发生改变！”

他比我年长约十岁，而且我看得出，他很喜欢那个红头发的娜斯佳。他尽量不去看她那双充满激情的眼睛，当着人们的面，他跟她说话时显得干巴巴的，是主人下命令的口气，但当她转身走开时，他却用忧郁的眼神看着她，而跟她单独在一起的时候，他则显得很不好意思，脸上露出腼腆的微笑，一个劲儿地摆弄着自己的胡子。

他最小的妹妹也往往在一旁听大家打嘴仗，稚气的脸上表现出很专注、很紧张的样子，眼睛瞪得大大的，十分好玩儿；当大家争论得非常激烈，彼此唇枪舌剑，各不相让的时候——她往往大声地倒吸一口凉气，好像有人向她泼了一盆冷水似的。有一个棕红色头发的学医的大学生[1]，像一只神气活现的大公鸡，在她身边转来转去，神秘兮兮地跟她小声嘀咕着什么，而且不时煞有介事地皱一皱眉头。当时这一切都非常有意思。

但是，秋天到了。对于我来说，老是没有工作是不行的。由于我对身边发生的一切事情都感兴趣，所以我工作的时间便越来越少，只能靠别人养活，可是吃人家的东西总是很难咽下去的。

---

1 指П.Ф.库德里亚夫采夫，环卫医生，在杰连科夫的小店里从事秘密工作。

我必须找个“地方”过冬，于是我就到了瓦西里·谢苗诺夫的面包作坊[1]。

这段生活，我在短篇小说《老板》《柯诺瓦洛夫》和《二十六个和一个》[2]中均有描写。这是一段很苦的日子！然而对我却很有教益。

肉体上的痛苦不必说了！更痛苦的是精神上的。

我到地下室的作坊干活后，在我和那些我必须与之经常见面和交谈的人们之间，硬是筑起了一道“忘却之墙”。他们谁也不愿意到面包作坊里看我，而我呢，一天工作十四个小时，平日根本不可能到安德烈·杰连科夫那里去；遇上节假日，不是睡大觉，就是跟同事们待在一起。他们有些人从最初几天起就把我当成一个会逗乐的滑稽小丑，另外一些人则怀着孩子般的天真爱好，把我看作是一个会讲有趣童话故事的人。天晓得我给这些人都讲了些什么，但是不言而喻，都是一些能够唤起他们的希望，促使他们去争取过另外一种轻松的、更有意义的生活的话。有时候我做到了这一点，我看见他们浮肿的脸上流露出人们常有的十分悲伤的情绪，眼睛里充满了怨恨和愤怒——这时候我就感到非常高兴，并且很自豪地想，“我在做群众的工作”，对他们在进行“启蒙教育”。

但是，不言而喻，更经常的是，我感到自己力不从心，知识贫乏，甚至一些最起码的日常生活问题我都回答不了。这时我感到自己好像被抛进了一个黑暗的深渊，人们像蛆虫一样，在里面盲目地乱爬，只求忘掉眼前的现实，于是，他们来到小酒店，甚

1　高尔基是1885年底在瓦西里·谢苗诺夫的面包作坊里干活的。

2　这三个短篇分别发表于1913年、1897年和1899年。

至从妓女们冷漠的拥抱中寻求解脱。

每个月发工资的那一天，逛妓院是绝对少不了的。他们在一个星期之前就已经公开在盼望这游蜂戏蝶的美妙时刻了，而事情过后，很长时间内他们还要互相交流那一刻所体验到的种种快感。在交谈中，他们恬不知耻地吹嘘自己的性功能有多强，如何肆无忌惮地玩弄那些妓女们；他们一边讲，一边厌恶地吐着唾沫。

不过事情也怪了！从所有这些交谈中，话里话外的，我也能够听出几分伤心和愧疚的意思。我发现，在“慰安屋”里，一个卢布可以跟一个女人睡上一夜；我的同事们觉得有些拉不下面子，感到这样做不合适，我觉得这是很自然的。可是他们当中有些人太放纵自己了，简直是肆无忌惮；我觉得他们这样是故意做给人看的，是装出来的。我对两性关系特别感兴趣，所以我对这方面的事情极其敏感。我自己还没有体验过女人的爱抚，这个情况使我的处境非常尴尬：我遭到过女人和同事们的恶意嘲笑。很快，他们便不再邀我去“慰安屋”了，并且公然对我说：

“你呀，老弟，就别跟我们去了。”

“为什么？”

“不为什么！这对你不合适。”

我牢牢记住了这句话，觉得这句话对我有很重要的含义，但我一直也没有得到更明白的解释。

“你这个人呀！跟你说过了——别去！和你在一块儿，特没劲……”

这时，只有阿尔乔姆嘿嘿一笑，对我说：

“和你在一块儿，就跟和牧师与神父在一块儿差不多。”

起初，那些妓女们老笑我太腼腆，缩手缩脚，后来就很不高兴地问我：

“你是嫌弃我们吧？”

有个四十岁模样的“姑娘”，叫捷列扎·博鲁塔，是个波兰人，人长得很漂亮，打扮得花枝招展，是这里的“老鸨”。她看着我的时候，眼神非常聪明，跟纯种狗似的，她说：

“姑娘们，饶了他吧，他肯定有未婚妻了，是不是？这样身强力壮的小伙子，肯定有未婚妻，绝对没错！”

她嗜酒如命，经常纵酒狂饮，喝醉后那丑态百出的样子就别提了，可是清醒的时候，她在待人接物和分析人们所作所为的含义时，则显得深思熟虑，四平八稳。这让我感到非常惊讶。

“最不可理解的人，要数神学院的那些大学生们了，没错，”她对我的同事们说，“他们太作践那些姑娘们了：让她们在地板上打上肥皂，让姑娘们赤身裸体地趴在地板上，手脚下面各放一个碟子，然后他们把姑娘的屁股用力往前一推，看她们在地板上究竟能够滑行多远，就这样，他们推完一个，再推另一个。他们这是要干什么呀？”

“你胡说！”我说。

“噢，不！我没有胡说，”捷列扎·博鲁塔叫道；她并没有生气，态度显得非常平静，但在这种平静中让人感觉出她内心的某种压抑。

“这是你瞎编出来的！”

“一个姑娘家怎么能瞎编这种事情呢？难道我疯了不成？”她瞪大了眼睛，问我。

大家聚精会神地在倾听我们的争论，而捷列扎·博鲁塔一直在用一种无动于衷的语调讲述着嫖客们的这种游戏，她只想弄明白一点：他们为什么要这样？

听的人对这些大学生们深恶痛绝，破口大骂。我发现，捷列扎是在煽动大家对我所喜爱的人们的仇恨心理，于是我便说，大学生们是爱人民的，他们希望人民生活幸福。

“是的，但你说的是沃斯克列先斯卡娅大街的那些普通大学生们，而我说的是神学院的那些大学生——从阿尔斯克波尔来的那些！而他们——那些神学院的学生，原来全都是孤儿出身，从小就养成了偷盗扒窃、调皮捣蛋的恶习，后来则越变越坏，在这些孤儿的心目中，没有任何值得他们珍惜、留恋的东西！”

“老鸨”平静地叙述妓女们对大学生、官员，总而言之，对各种“干净的嫖客”的怨恨情绪，在我的同事们的心中所引起的不光是厌恶和仇视，还有一种差不多是幸灾乐祸的心情，他们说：

“就是说，这些所谓有知识、有教养的人比我们更坏！”

听到这样的话我心里非常难受。眼看着这些乌七八糟的城市垃圾，都汇集到这些像火坑一样的昏暗狭小的房屋中，在浓烟滚滚的烈火中燃烧、沸腾，继而怀着满腔的仇恨与怒火，重新又回流到了城市。我眼睁睁地看着人的本能与生活的苦闷将人们驱赶到这些昏暗狭小的房屋里来，他们在这些洞穴般的斗室里用荒唐可笑的语言编出一些动人心弦的歌曲，倾诉爱情的烦恼与痛苦；讲述一些关于“有教养的人”的生活丑闻与种种传言；对一些无法理解的事物则抱着嘲弄与敌视的态度。因此，我认为，这种“慰安屋”也是一种大学，我的同事们从这里获得了不少极其有害的知识。

我眼看着那些“卖笑的姑娘们”在肮脏的地板上懒洋洋地荡来荡去，脚下发出沙沙的响声；她们在手风琴烦人的尖叫声中，或者在破钢琴的刺耳的伴奏下，令人恶心地扭动着自己那皮肤松弛的身体，看着这一切，我不禁产生一种模糊但却惴惴不安的思想。周围的一切让人感到非常苦闷，想离开这里到别的地方去，但自己又无能为力，这使我的心情感到十分沮丧。

在面包作坊里，当我说有些人正在无私地探索通往自由和人民幸福的道路时，有人还不同意我的看法，他们说：

“关于这些人，那些姑娘们可不是这样说的！”

大家毫不留情地嘲笑我，语言下流，而且极其恶毒；而我则像一条好斗的小狗，觉得自己并不比那些成年的大狗们愚蠢，甚至比它们还勇敢，我也当仁不让，大发雷霆。我开始懂得，对生活的思考并不比生活本身来得轻松，有时候，对于那些只知道忍耐的同事们，我从内心深处突然感到一种强烈的怨恨。使我感到特别愤怒的是，当他们受到喝醉酒的老板的疯狂嘲弄时，他们还要一忍再忍，饮恨吞声，逆来顺受。

可是，就在我感到万般苦恼的时候——好像是有意安排似的！我接触到了一种全新的思想，这种思想虽然在本质上和我格格不入，水火不容，但它使我的思想大大乱了方寸。

在一个暴风雪的夜晚，肆虐的狂风仿佛把灰色的天空撕成了碎片，然后撒向地面，大地被一堆堆冰雪覆盖得严严实实，好像地上的生命完全终止了，太阳已经消失，从此再也不会升起了——就是在这样一个夜晚，时值谢肉节期间，我从杰连科夫家走回面包作坊的路上。我顶着狂风，闭上眼睛，冒着灰蒙蒙、乱纷纷的飞雪，一步步地向前走去，突然，我脚下绊着一个躺在人行道上的人，一下子，摔倒在地上。我们两个同时破口大骂——我用俄语，他用法语：

"噢，真是见鬼……"

这激起了我的好奇心，我扶他站了起来。他个子很小，没多大分量。他一面推我，一面愤怒地喊道：

"我的帽子，见您的鬼去吧！把帽子给我！我都快冻僵了！"

我在雪地里找到了他的帽子，抖掉上面的雪，把帽子戴在他那一头乱发的头上，但是他一把摘下帽子，在手里挥舞着，用两种语言骂着，要我走开：

"滚一边去！"

他猛地向前跑去，消失在茫茫的暴风雪里。我继续往前走，又看见了他——他站在熄灭了的路灯下，双手抱着路灯的木柱子，嘴里一个劲儿地唠叨：

"列娜，我要死了……啊，列娜……"

看来，他是喝醉了，要是我把他丢在大街上不管，他可能会被冻死的。于是我问他住在什么地方。

"这儿是什么街？"他流着眼泪叫道，"我也不知道该往哪里走。"

我搂住他的腰，领着他往前走去，并一再问他住在什么地方。

"住在布拉克大街[1]，"他一边哆嗦，一边嘟哝着说。"住在布拉克大街……那里有澡堂……有一幢房子……"

他走起来跌跌撞撞，东倒西歪的，这使我没法儿好好地往前走，我听见他牙齿冻得直打战：

"西——久——萨弗埃[2]。"他一边推我，一边嘟哝着说。

"您说的什么？"

1 这是一条连接喀山河和卡班湖的河道。

2 法语"Si tu savais"音译，意思是："要是你知道"。——编者注他停下来，举起一只手，带着自豪的神情，清清楚楚地说道：

“西——久——萨弗埃——乌热——特——曼[1]……”

这时，他把手指头塞到自己嘴里，摇摇晃晃，几乎要摔倒在地上。我蹲下身子，将他背在背上，继续往前走；他的下巴颏儿紧顶着我的后脑勺儿，嘴里一个劲儿地嘟囔着说：

“西——久——萨弗埃……但是，我要被冻僵了，天哪……”

在布拉克大街，我好不容易才问出来他到底住在哪幢房子里，最后，我们钻入一间小厢房的过道。这间房子坐落在院子的深处，藏身在漫天大雪的旋涡之中。他摸着房门，小心翼翼地敲了几下，对我嘘了一声：

“嘘！小声点……”

一个穿着红色宽松连衣裙的女人给我们开了门，她手里举着一支点燃的蜡烛，把我们让进屋后，便一声不响地退到了一边，然后，不知从哪儿取出一个带柄的单目眼镜，仔细打量起我来。

我对她说，看来，这个人的两只手都冻僵了，必须扶他到床上，给他脱去衣服，盖上被子好好躺下。

“是吗？”她问道，声音显得既清脆，又年轻。

“应该把他的两只手放进冷水里……”

她没有说什么，只是用带柄的单目眼镜向屋角指了指——那里的画架上摆放着一幅画，上面画着一条河和几棵树。我惊奇地看了一眼这女人那张怪怪的、毫无表情的脸；这时她退到屋角，走到桌边，桌子上方有一盏灯，上面有一个粉红色的灯罩。她在桌旁坐了下来，从桌上取过一张红桃J，仔细观察起来。

1 法语“Si tu savais où je te mène……”的音译，意思是：“要是你知道我将你带到哪里……”——编者注

“您这里有伏特加酒吗？”我大声问道。她没有回答我，只顾在桌子上摊牌来着。这时，我背回来的那个人坐在椅子上，低着脑袋，两只冻得通红的手耷拉在身子两边。我把他扶到长沙发上，开始给他脱衣服；我也不明白这是怎么回事，像在做梦一样。我对面长沙发上面的墙上，挂了许多照片，其中隐隐约约可以看见一个由白丝绦蝴蝶结围绕着的金色花环，丝绦的末端印着一行金色大字：

献给无可比拟的吉尔达[1]。

“见鬼，轻一点！”当我开始按摩他的双手时，他呻吟道。

1　意大利作家、现实主义歌剧大师威尔第（1813—1901）的著名歌剧《弄臣》（1851）中的女主人公。

第二章

那女人在默默摊她的纸牌，一副忧心忡忡的样子。她的鼻子很尖，像鸟的嘴似的，两只一动不动的大眼睛给她的容貌增添不少光彩。她用少女般的两只手拢起自己那像假发似的蓬松的白发，然后小声，但清晰地问道：

“乔治，你看见了米沙没有？”

乔治推开我，迅速坐了起来，连忙说：

“他不是去基辅了吗……”

“没错，是去基辅了。”那女人重复着说，眼睛并未离开纸牌，而且我注意到，她说话的声音非常单调，不带任何感情。

“他很快就会回来……”

“是吗？”

“啊，是的！很快。”

“是吗？”那女人又问一遍。

脱了一半衣服的乔治一下子跳到地上，连蹦带跳地来到那女人跟前，扑通一声跪了下来，跟她用法语讲了些什么。

“我是很放心的。”那女人用俄语回答说。

“我——迷了路，知道吗？大雪纷飞，狂风怒吼，我想，我肯定是要被冻僵了。”乔治抚摸着她放在膝盖上的一只手，心急火燎地讲着。乔治，四十岁左右，红脸膛，厚嘴唇，留着黑色的小胡子，看上去好像有些惶惑不安，一副忧心忡忡的样子；他一个劲儿地在胡噜自己圆脑袋上硬邦邦的白头发，而且，说话时头脑也越来越清醒了。

“我们明天去基辅。”那女人说，不知她是在发问，还是在做出决断。

“好，就明天吧！现在你也应该休息了。你为什么不躺下呢？时间已经很晚了……”

“米沙他今天不会回来吗？”

“噢，不会！这样大的风雪……走吧，该去睡了……”

他端起桌上的灯，把她领进书橱后面的一扇小门里。我一个人坐在那里，待了很长时间，什么也不想，只听见他那有点嘶哑的细语声。风雪像毛茸茸的爪子在玻璃窗上划出沙沙的响声。蜡烛的火苗映照在融雪的水洼里，闪烁不定，忽明忽暗。屋里放满了东西，有一种奇怪的暖洋洋的气息，让人思想松懈，直想犯困。

正在这个时候，乔治摇摇晃晃地来了，他手里端着一盏灯，灯罩不停地碰着灯上的玻璃。

“她已经躺下了。”

他将灯放在桌子上，若有所思地站在屋子中间，也不看我，就说：

“喏，怎么说呢？要不是你，可能我已经被冻死了……谢谢！你是干什么的？”

他歪着脑袋，仔细倾听隔壁房间里窸窸窣窣的声音，浑身哆里哆嗦，一副战战兢兢的样子。

“她是您的妻子？”我小声问道。

“是我的妻子。我的一切。我的全部生命！”他眼睛看着地板，声音不高，但却一字一板地说道。这时他又开始用手掌使劲胡噜自己的头发。

“要喝茶吗——啊？”

他心不在焉地向门口走去，但是又站了下来，因为他忽然想起女仆由于鱼吃得太多，被送到医院里去了。

我提议把茶炊生起来，他点头表示同意。不过他显然忘记了自己的衣服还没有穿好，便光着脚，吧嗒吧嗒地在湿地板上走着，把我领到狭小的厨房。在厨房里，他背靠着炉灶，又重复一遍地说：

“要不是你，我可能就被冻僵了，谢谢！”

这时，他突然打了个激灵，瞪着一双大眼睛，惊恐不安地盯住我。

“要是那样的话，她该怎么办呢？噢，我的上帝……”

他望着黑乎乎的狭窄的门口，急切地小声说：

“你都看见了——她有病。她的儿子是个音乐家，在莫斯科自杀了，可她一直还在等待他，这不，已经差不多等了两年了……”

后来，我们在一起喝茶的时候，他前言不搭后语，东一榔头，西一棒槌地跟我说，这女人是个地主，而他则是一位历史教师，是她儿子的辅导老师，结果爱上了她。她离开了丈夫——一个德国男爵——去演唱歌剧，他们生活得很美满，尽管她的第一个丈夫千方百计地想破坏她的生活。

他讲话的时候眯缝着眼睛，一门心思地紧盯着厨房的一个什么东西，厨房很脏，光线又很暗，炉灶旁边的地板都已经腐烂了。他喝了口茶，嘴被烫了一下，脸马上一皱，两只眼睛瞪得滚圆，吓得他直眨巴眼睛。

“你——究竟是干什么的？”他再一次问我，“对了，是做小甜面包的工人，真是怪了，不像。这到底是怎么回事？”

他的话听起来有些惴惴不安，他用一种怀疑的、受骗上当者的目光看着我。

我简要地谈了自己的情况。

“原来是这样呀？”他轻声叫道，“啊，原来是这样……”

这时他忽然活跃起来，问道：

“你知道《丑小鸭》[1]的故事吗？读过吗？”

他的脸忽然变得非常难看，他开始愤怒地，用高得令我吃惊的、很不自然的尖细、嘶哑的声音讲了起来。

“这篇童话故事非常吸引人！在你这个年纪，我也曾经想过我是不是一只天鹅？可是，你瞧……我本应该去神学院，可是却上了大学。我父亲是一位神父，和我断绝了关系。我在巴黎钻研人类不幸的历史——人类进步史。我写过东西，没错。噢，这一切又能怎样……”

他跳到椅子上，仔细听了听，然后对我说：

“进步，这是人们为安慰自己而杜撰出来的说辞！生活是非理性的，毫无意义。没有奴役便没有进步；没有多数人服从少数人，人类在自己发展的道路上便会停滞不前。我们希望减轻我们的生活负担，减轻我们的劳动，结果只能使我们的生活变得更加

1　丹麦作家安徒生（1805—1875）的一篇童话，讲一只丑小鸭变成一只美丽天鹅的故事。

复杂，使我们的劳动更加繁重。工厂和机器为的是要不断生产出更多的机器，这是非常愚蠢的！工人越来越多，可是社会需要的只是农民——生产粮食的人。粮食就是一切，它是需要用劳动向大自然索取的。一个人需要的东西越少，他就越幸福；他的愿望越多，他的自由就越少。”

也许，问题不在于这些言辞，但恰恰是这些振聋发聩的思想，是我生平头一次所听到的，而且是通过这种尖锐的、赤裸裸的方式听到的。由于兴奋，他尖叫一声，诚惶诚恐地把目光盯住通向内室的门口，屏息静听了片刻，见没什么声音，才又小声说起来——几乎是咬牙切齿：

“要知道，每个男人需要的东西并不多，一块面包，一个女人……”

他讲起女人的时候，轻声细语，显得很神秘；用的词我从未听说过，援引的诗，我也从未读过——他突然变得很像小偷巴什金了。

“贝雅特里齐[1]、菲娅美达[2]、劳拉[3]、妮农[4]，”他一口气小声

1　贝雅特里齐，意大利大诗人但丁（1265—1321）的情人，但丁一生的大部分诗歌几乎都是献给她的。1290年贝雅特里齐死后，但丁在《新生》（1293）中详细描绘了他们爱情发展的历史、她的美丽与善良，以及他自己的种种精神感受等，后来在《神曲》里也多有描写。

2　菲娅美达，意大利文艺复兴时期人文主义的先驱者、作家，薄伽丘（1313—1375）所钟爱的女人；薄伽丘对菲娅美达的爱情几乎完全支配了他在《十日谈》（1348—1353）以前的文学创作活动，写下了诸如《菲娅美达的哀歌》（1343—1344）这样具有强烈心灵洞察力的散文、小说和许多脍炙人口的爱情抒情诗。

3　劳拉，意大利文艺复兴时期人文主义的先驱者，诗人彼特拉克（1304—1374）年轻时所倾心的少女，其抒情诗集《歌集》收集了诗人几乎一生的300多首十四行诗，详细抒发了诗人对劳拉的爱情和对幸福生活的向往，对中世纪的禁欲主义和神权思想，对封建君主的种种劣迹和教会的黑暗腐败提出了挑战。

4　妮农·德·兰克洛（1620—1705），巴黎一女贵族，与法国一些著名作家，如伏尔泰（1694—1778）、莫里哀（1622—1675）、方特内尔（1657—1757）交往甚密。

地给我叫出一些我不知道的人名，并且讲了一些坠入爱河的国王和诗人们的故事，朗读了一些法国人写的诗歌，同时用他那一直光到肘腕子的纤细的胳膊打着节拍。

“爱情和饥饿主宰着世界。”[1]我听见这热切的低语声，想起了这句话曾经作为一本革命小册子《饥饿王》的标题，因此它在我的心目中便有了特别重要的意义[2]。

“人们寻求的是遗忘和安慰，而不是知识！”

这种想法使我感到万分惊讶。

我是一大早就离开厨房的——墙上的小时钟刚指到六点零几分。我踏着积雪，在茫茫的晨雾中向前走去，耳边是暴风雪的吼叫声。这时，我想起了那个备受煎熬者的愤怒的尖叫声，觉得他的话语好像就卡在我的喉咙，憋得我透不过气来。我不想回到面包作坊去，不愿见任何人，于是，我身上披着厚厚的积雪，沿着鞑靼镇的街道，向前走去，一直走到天空放亮，在大雪飞舞中开始看到市民的身影为止。

后来我再也没有遇见过那位历史教师，我也不想再见到他了。但我却不止一次地听到人们说生活没有意义、劳动没有用处的话——说这种话的人，有大字不识一个的云游派教徒[3]，有无家

1　是德国诗人和戏剧家席勒（1759—1805）创作的一首诗《世界的智慧》中的诗句。1795年被称为“叙事诗年”，席勒的诗是对德行，如信义、勇敢等的赞颂，格调优美，语言生动，是席勒除戏剧外取得的巨大成就。

2　这里是指俄国诗人涅克拉索夫（1821—1877）1864年写的一首诗《铁路》中的诗句，诗中说：“世上有个沙皇，他冷酷无情，名叫饥饿王。”

3　18世纪后半叶俄国正教旧礼仪派反教堂派中的一个小教派。他们云游各地，行无定所，或逃往荒凉之地，躲藏起来，以逃避官方要求他们应完成的义务和赋税。

可归的流浪汉，有“托尔斯泰主义者”[1]和文化素质很高的人；此外，还有东正教的修士司祭、神学硕士、制造炸药的化学家、新活力论[2]生物学家等许多人。但是，这些思想对于我已经不像第一次接触到时那样吃惊了。

只是在大约两年以前——从头一次谈论这个话题起，已经过去了三十多年——我突然从一个工人老朋友嘴里听到了几乎是同样的话，同样的思想。

有一次，我跟这个工人老朋友“谈心”，他苦笑着称自己是个“政治油子”，他用那种好像只有俄国人才有的襟怀坦白的态度对我说：

“阿列克谢·马克西梅奇，亲爱的，我什么都不需要，什么学院、科学、飞机，统统都没用，完全多余！我只需要一个安静的角落，还有一个娘儿们，想亲的时候就亲她一下，而她对于我，应该忠贞不渝，全身心地回报我，这就可以了！您按照知识分子的方式考虑问题，和我们毕竟不一样，您是中了毒的人，对于您来说，思想比人更重要，您考虑问题时是不是跟犹太人一样，即人是为安息日[3]而设立的呢？[4]”

---

1 “托尔斯泰主义者”，即托尔斯泰作为伟大作家的“最弱的一面”，鼓吹“不用暴力抵抗邪恶”和“道德自我修养”的反动消极思想。列宁在托尔斯泰80诞辰时写的《列夫·托尔斯泰是俄国革命的镜子》（1908）一文中精辟地分析了托尔斯泰创作与世界观矛盾的原因。

2 “新活力论”是19世纪末生物学中出现的相对于古代活力论的一种新的唯心主义观点，新活力论者试图用某些特殊的超自然因素，如“隐德莱希”“生命勃发”“渊源”等来解释各种原始生命发展的现象，实际上它与古代活力论，如亚里士多德等人的活力论，并没有本质上的差别。

3 安息日，即周六休息日，犹太教中规定星期的日子。

4 此话源于《新约全书·马可福音》第2章，第23～26节；耶稣的门徒安息日从麦地经过，掐了麦穗，法利赛人认为他们在安息日不应该做事，耶稣说，据经上记载，大卫和跟从他的人饥饿时就做过事，还说：“安息日是为人设立的，人不是为安息日设立的。”

“犹太人可不这么想……”

“鬼晓得他们是如何想的，一个愚昧的族群。”他一面回答，一面把烟头扔向河里，看着它往下落。

我们坐在涅瓦河岸边的石头凳子上，那是一个秋天的夜晚，明月当空；白天我们俩净瞎忙活了，千方百计地想做点好事，但是事与愿违，最后弄得自己非常疲惫。

“您和我们总在一块儿，但您不是我们的人，这就是我要说的话，”他若有所思地轻声说，“知识分子爱动，不那么安分，自古以来他们就常常聚众造反，就像耶稣基督那样，作为空想家，为了形而上的目标，便起来造反——所有知识分子也是这样，为了乌托邦[1]理想而聚众造反。一个空想家起来造反，而各种废物、流氓无赖、社会渣滓也跟着来了，都是出于一种愤恨的情绪，因为他们发现生活中根本没有他们的位置。工人们起义是为了革命，他们必须争取劳动工具和劳动产品合理分配的权利。一旦他们最后夺取了政权，您以为他们会去管理国家吗？绝对不会！大家将一哄而散，各奔东西，每个人都只为自己着想，营造自己的安乐窝……”

“您是说机器设备吗？它只会把我们脖子上的套索拉得更紧，把我们勒得更狠。不行，必须摆脱不必要的劳动。人需要安宁。工厂和科学都不能给人以安宁。一个人所需要的东西并不

1 指缺乏科学论证描绘出来的理想社会制度，也指不现实的改造社会的计划。“乌托邦”一词源自空想人文主义者托马斯·莫尔（1478—1535）的著作《乌托邦》（1516）一书，他在书中描写了一个不切实际的理想社会——乌托邦岛，那里没有私有财产，生产、生活社会化，劳动是每个人的义务，实行按需分配等。莫尔1529—1532年出任英国的大臣。作为天主教徒，他拒绝向国王——英国教会的“最高首脑”宣誓，结果被控叛国，而且被处死。但天主教会仍尊他为“圣者”。

多。当我只需要一间小房子的时候，我为什么要建造一座城市呢？人们聚居的地方，自来水、下水道、电气设备，一应俱全。可是，请设想一下，要是没有这些东西，生活将是多么轻松！不，我们有许多东西都是完全多余的，而且这一切东西，都是知识分子们搞出来的，因此，我要说：知识分子是个有害的阶层。”

我说过，谁也不会像我们俄国人那样，把生活搞得完全没有意义，彻头彻尾的没有意义。

“俄国人是精神最自由的人，”我的交谈者嘿嘿一笑，“不过，您千万别生气，我敢说，我们成千上万的人都是这样想的，只是不会表达罢了……生活，应该过得简单一些，那样人们就会感到更惬意一些……”

此人从来都不是“托尔斯泰主义者”，也没有无政府主义的思想倾向，他的思想发展，我是知根知底的。

跟他谈过后，我不禁想：怎么，千百万俄国人，为革命历尽千辛万苦，难道心灵深处真的只是为了摆脱劳动吗？最少的劳动，最大的享受，这是很有诱惑力的，它像一切难以实现的乌托邦幻想一样，非常吸引人。

这时，我想起了亨利·易卜生[1]的诗句：

我是保守者吗？噢，不！

1 易卜生（1828—1906），挪威剧作家，创作有许多以斯堪的纳维亚史诗和民间传说为题材的剧作，有明显的反资产阶级的倾向；他的以现实生活为题材的社会批判性剧作在我国也深有影响。这里的引诗出自易卜生的《致我的朋友——革命的演讲人》（1869）一诗。

我一如既往，依然故我——
我不喜欢调换棋子，
我要把整个棋局推翻。

我只记得一次革命——
它比后来的都要英明，
它本可以摧毁一切——
自然，我是指世界洪水大泛滥。

须知，挪亚成了主宰[1]。
但那次魔王还是受到了愚弄！

啊，如果此事能办得诚实一些，
我自当助上一臂之力——
您来呼风唤雨，大发洪水，
我呢，在方舟下放置一枚鱼雷——
何乐而不为！

安德烈·杰连科夫的小杂货店收入微薄，可是需要物质帮助的人和“事儿”却越来越多。

---

1 据《旧约全书·创世纪》第6~9章记载，耶和华创造亚当和夏娃后，人类繁衍生息，行恶于世，于是他决定发洪水毁灭人类，他让义人挪亚造一方舟，洪水来时可让全家及各种活物进方舟内躲避。洪水泛滥150天后，水势渐落，方舟搁浅在亚拉腊山上，挪亚多次放鸟出去探视陆地的情况，终于有一只鸽子衔一枝橄榄叶回来，说明大水早已消退。这时上帝对挪亚说，你们可以离开方舟，主宰地上的万物了。这样挪亚又活了350岁，死时享年950岁。

“必须得想个办法。”安德烈愁眉苦脸地摸了摸胡子，心里有些内疚地微笑道，然后，他深深地叹了一口气。

我觉得他这个人自己总是认为应该一辈子帮助他人，这是他命中注定的一件苦差事，虽然他自认为应该受这份累，但有时候仍不免为此感到苦恼万分。

我不止一次变着法儿地问他：

“您为什么要这样做呢？”

他好像没听懂我问话的意思，回答我“为什么要这样做呢”时，话说得文绉绉的，用一种含糊不清的语言谈到人民生活之疾苦和让人民受教育、增长知识的必要。

“可是人们愿意吗？他们渴望得到知识吗？”

“咳，怎么不愿意呢！当然愿意啦！您不是也愿意吗？”

是的，我是愿意。但我想起了历史老师说的话：

“人们寻求的是遗忘和安慰，而不是知识。”

与刚满十七岁的人谈论这样尖锐的思想问题是非常有害的；这种谈论会使人们的思想变得麻木迟钝，大家也得不到什么好处。

我觉得我看到的总是同一种现象：人们喜欢听有趣的故事，那只是因为，这些故事能够帮助他们暂时忘掉痛苦的，但已经习以为常的生活。故事中“杜撰的成分”越多，他们就越爱听。他们觉得最有意思的是那种有许多美丽“谎言”的书。简单说吧，我好像是坠入了五里云雾之中了。

安德烈·杰连科夫想开一间面包店[1]。记得我们曾经详细地算过一笔账，估计开业后每投入一个卢布，就可以赚取不少于百分之

1 杰连科夫是1886年夏天开的这个小店，目的是为秘密活动做掩护，小店收入用来帮助贫困学生和开展秘密小组活动。

三十五的利润。作为“自己人”，我当然是面包师的“助手”，负责监督，不许他暗中偷盗面粉、鸡蛋、黄油和烤好的面包。

这样我便从又脏又大的地下室搬进一间比较干净些的小一点的地下室——这里的卫生工作由我负责。和四十个人的作坊不同，这里我面对的只有面包师一个人。他两鬓斑白，留一撮山羊胡，面孔干巴消瘦，一双黑眼睛总是若有所思的样子，嘴巴的样子怪怪的：像鲈鱼的嘴那样小，嘴唇肥肥厚厚的，噘得好像要跟人接吻似的。眼睛深处透出某种嘲讽的意味。

当然，他会偷东西。工作的头一天夜晚，他就把十来个鸡蛋、三俄磅面粉和一大块黄油搁到一边去了。

“这些东西——是打算做什么用的？”

“给一个女孩子，”他和颜悦色地说，然后皱皱鼻子，补充说，“一个很好的姑娘！”

我试图说服他，说偷东西是一种犯罪行为。但不知是我缺乏口才，还是我自己也不大相信我说的话，反正，我的话没有起什么作用。

面包师躺在放面团的柜台上，望着窗外的星星，惊讶地嘟哝着说：

“他竟教训起我来了！头一次见面就一本正经地教训起人来了！自己的年龄比我小两三倍！这也太可笑了……”

他看完星星，问道：

“我好像在哪儿见过你，你在谁那儿干过活？在谢苗诺夫那儿？发生暴动的那个地方[1]？是这样啊。喏，就是说，我在梦里见

1 关于1886年春天谢苗诺夫面包店工人和老板发生冲突和高尔基在这场冲突中所起的组织作用，高尔基的中篇小说《老板》中有所描写。

到过你……”

几天后，我发现这个人特别能睡，不管什么姿势，想睡就睡，甚至站在那里，扶着铁锹把也能睡着。睡的时候，两道眉毛微微抬起，脸的模样有点变形，怪里怪气，露出一种惊讶、讥讽的表情。他最喜欢讲述有关宝藏和梦的故事。他深信不疑地说：

“我能看到地下的东西，整个大地就像一个大馅饼，下面尽是宝藏，一罐罐、一箱箱的钱币，到处埋藏的都是生铁。常常有这样的事，我梦见一个我熟悉的地方，比如说，浴室，浴室的墙角下埋藏有银器。醒来后，我连夜就去挖，往下挖一俄尺深，打眼一看，是一些煤渣和一副狗的头盖骨。这就是我所找到的东西！突然间，哗啦一声！窗子被打得粉碎，一个女人拼命地在喊叫：‘来人啊，有贼啦！’当然，我赶紧逃跑了，不然我会被打一顿的。这太可笑了。”

我常常听到“这太可笑了”这句话！不过伊万·科兹米奇·卢托宁并不笑，他只是喜滋滋地眯缝起眼睛，皱着鼻子，张大两个鼻孔。

他做的梦没有多大意思，跟现实生活一样，枯燥乏味，无聊透顶，我真不明白：为什么他谈起自己的梦来竟然那么津津乐道，而谈起周围人的生活时却很不情愿？[1]

一个有钱茶商的女儿被迫出嫁，婚礼结束后回家便开枪自杀了——消息轰动了全城[2]。数以千计的青年人为她送葬，大学生们

1 20世纪90年代末，我在一本考古杂志上看到卢托宁-科罗维亚科夫在奇斯托波尔县的一个什么地方发现了一处宝藏，是一罐阿拉伯钱币。——作者原注

2 指Д.А.拉特舍娃自杀的事。1885年1月23日有五千人为她送葬，认为她是家庭专横和封建专制主义的牺牲品。

在她的墓前发表演说，警察一再地驱赶他们。在邻近面包作坊的一家小店里，人们都在谈论这场悲剧，店铺后面的一个房间里挤满了大学生，他们激昂慷慨的声音和犀利的言辞，一直传到了我们的地下室。

“这个姑娘呀，平时管教得太少了，”卢托宁说，然后他又对我说：

“我好像是在池塘里摸鲫鱼，突然，一个警察喊道：‘住手，你怎么竟敢在这里摸鱼？’逃是无处可逃了，我便一头扎进了水里，于是便醒了过来……”

尽管卢托宁对现实生活不太留意，但他很快还是感觉到面包店的情况有点非同寻常：卖面包的两个姑娘，不熟悉业务，老在看书；她们一个是老板的妹妹，一个是她妹妹的女友——高高的个子，红红的脸蛋，长着一双和蔼可亲的眼睛[1]。大学生们常到这里来，他们在面包店旁边那间屋子里一坐就是很久，不知为什么事，要么大声争吵，要么窃窃私语。店老板很少到店里来，而我这个当“帮手”的，倒好像是这个小店的掌柜。

“你跟老板是亲戚吗？”卢托宁问我，“兴许他想让你做他的妹夫吧，是不是？这太可笑了。大学生们为什么老在这儿窜来窜去？是为了这些姑娘……没错。喏，很有可能……虽然这两个姑娘的长相并不怎么样，没有那么大的魅力……这些大学生与其说是来看这两位小姐，还不如说是为面包而来……”

几乎每天早上五六点钟的时候，总有一个短腿姑娘出现在面

1 指H.A.谢尔巴托娃（1870—1942），是M.C.杰连科娃的中学同学，1886—1888年在杰连科夫的小铺里干过活，后来当了老师，1889年因马克思主义者费多谢耶夫被捕一度受到过牵连。

包作坊窗外的街上。她好像是用大小不等的半球组成的，整个身子就像是一个装满西瓜的口袋。她的两条腿伸到地下室窗外的洼坑里，一面打着哈欠，一面喊道：

“瓦尼亚！”[1]

她头上包一块花头巾，头巾下露出浅色的卷发，打旋的卷发垂落在她那红扑扑、圆鼓鼓的脸上和低低的额头上，蹭得两只惺忪的睡眼直有些痒痒。她伸出两只小手，懒洋洋地将头发从脸上撩开，她的手指像新生婴儿的那样，一个个都分开伸着，非常好玩儿。有意思的是，跟这样一个姑娘能谈些什么呢？我叫醒面包师，他问她：

“你来啦？”

“你不都看见了。”

“睡得好吗？”

“喏，还能怎么样！”

“你梦见什么了？”

“不记得了……”

城里一片寂静。其实已经能够听见有的地方有扫街的沙沙声了；刚睡醒的小麻雀，已经开始在叽叽喳喳地叫了。冉冉升起的太阳将温暖的阳光照射在玻璃窗上。我非常喜欢这发人深思的早晨的时光。面包师把一只毛茸茸的手伸出窗外，抚摸着姑娘一双光腿，姑娘满不在乎地任其抚摸，眼睛像绵羊似的眨巴着，没有任何笑意。

“彼什科夫，到时候了，奶油鸡蛋面包该出炉啦！”

1　伊万的爱称。

我把铁烤盘从炉子里取出来，面包师伸手从里面抓了十来个奶油小面包、酥皮点心和菱形面包，扔到姑娘张开的裙子下摆里；烫手的面包在姑娘的手掌里来回倒腾扔来扔去，她用那绵羊般发黄的牙齿不时地啃咬着，烫疼了便像牛似的气得哞哞直叫。

面包师颇为欣赏地望着她，说：

“把裙子放下来，真不知道害臊……”

她走的时候，面包师在我面前夸耀说：

“看见了吗？像只小羊羔，一头卷毛。我这个人呀，老弟，生来爱干净，从不跟婆娘们厮混，只找年轻姑娘玩。她是我的第十三个相好！是尼基福雷奇的教女。”

看着他那得意洋洋的样子，我想：

“我也要过这样的生活吗？”

我把按重量销售的白面包从炉子里取出来，把十个白面包和十二个大圆面包放在一块长木板上，急忙送到安德烈·杰连科夫的店里去；回来后，又满满装了一篮子小白面包和鸡蛋奶油面包——足有两普特重——一路小跑地送到神学院，以便赶上大学生们吃早餐。在那里，我站在大饭厅门口，将面包递给大学生们，有的是“记账”，有的是收“现钱”，我站在那里，听着他们关于列夫·托尔斯泰的争论。神学院有个叫古谢夫的教授，是列夫·托尔斯泰的死对头[1]。有时候我在面包篮子底下放几本小册子，不声不响地塞给这个或那个大学生；有时候大学生们把一些小册子和字条藏在我的篮子里。

1 A.古谢夫（1842—1904），喀山神学院教授，在报刊上发表文章坚决反对列夫·托尔斯泰的《忏悔录》（1879—1880）；《忏悔录》1882年被教会查禁，但它的手抄本和油印件在俄国已广为流传。

每周有那么一次，我跑去的地方更远——到“疯人院”去，精神病学家别赫捷列夫[1]在那里拿患者做病例，给学生们上课。有一次，他让大学生们观摩一个患妄想狂症的病人：这位患者的个子很高，穿一身白衣服，戴一顶和长筒袜差不多一样的圆形软帽。当他在教室门口出现时，我不由得笑了，不过他在我身边只是停了一下，朝我看了一眼，我赶紧闪到了一边，仿佛他那阴沉、灼热的锐利的目光刺疼了我的心。当别赫捷列夫捋着胡子郑重其事地和病人谈话的时候，我一直在悄悄地用手抚摸着我的脸，好像我自己的脸被灼热的灰尘烫伤了似的。

那患者说话的声音非常低沉，他提出了一个什么要求，很威严地将一只长手臂从病号服的袖口里伸了出来，长长的手指头，看上去怪吓人的。我觉得他的整个身躯长得有些反常，一个劲儿地直往上长，即使站在那里不动，他那只黑黢黢的手就能够抓到我，掐住我的喉咙。他的一双黑眼睛眼窝深陷，目光锐利，在瘦骨嶙峋的脸上闪闪发光，看上去威风凛凛，很有些咄咄逼人的样子。二十来个大学生看着这个戴一顶怪里怪气的尖顶帽的人，有的人露出了微笑，但大多数人都在凝神静思，黯然神伤，他们的眼神和这位患者那火辣辣的目光相比，显得极为平常。他的样子很是吓人，身上有一种恢宏大度的东西——没错，是有一种庄严肃穆的气势！

大学生们一片寂静，鸦雀无声，只听见别赫捷列夫教授铿

1　弗·米·别赫捷列夫（1857—1927），俄国精神病学家和心理学家，反射学派奠基人。在解剖学、生理学和神经系统病理学方面有重要的著作；在解释心理过程中对人的大脑进行了深入的综合研究，创立了心理学的一个新的科学流派——反射学派。1885—1893年别赫捷列夫曾在距喀山三俄里远的一所精神病医院里工作。

锵有力的声音，他的每一个问题都引起一个低沉声音的严厉的回应，这声音仿佛是来自地下，来自死一般寂静的白色墙壁的后面，患者身体的动作俨然一位高僧似的舒缓迟延，稳健庄重。

夜里，我写了一首关于狂躁症患者的诗，称他是“大权在握，独占鳌头，是上帝的幕僚与挚友”；他的形象长时间地萦绕在我的心头，影响着我的生活。

我从下午六点钟开始工作，差不多一直要干到第二天中午，白天我要睡觉，所以只有在揉完一个面团，等待另一个面团完全发起来，或者把面包送进炉子烘烤的时候，我才能够抓紧时间看点书。当我逐渐掌握了做面包的窍门后，面包师要干的活儿就越来越少了，他感到有点惊讶，亲切地“教导”我说：

“你工作很能干，再过一两年，你就能成为一个面包师了。这太可笑了。你还年轻，人们不会听你的话，也不会尊重你……”

他对我喜欢读书这件事很不以为然：

“有读书那工夫，还不如去睡会儿觉。”他关心地劝我说。但他从来不问我读的都是些什么书。

他满脑子想的就是他的那些梦，那些关于宝藏的幻想和那个圆滚滚的矮个子姑娘。那姑娘往往夜里来，因此，他要么把她领到过道里堆放面粉袋的地方，要么——如果天气冷的话——他就皱着鼻子跟我说：

“你出去一会儿吧！”

我走开的时候心里想：“这种爱情跟书里写的一点也不像……”

老板的妹妹住在店铺后面的一间小屋内，我一直给她的茶炊生火，但我尽量避免跟她见面，因为我看到她时会感到很不自在。她那双孩子般的眼睛看我时的目光，仍然像头几次见面时那样，令人无法忍受，我总怀疑她眼睛深处蕴含着一种微笑，觉得她在嘲笑我。

我身强力壮，但行动笨拙，面包师看我能搬运五普特重的面袋子，不无惋惜地对我说：

“你的力量——能顶三个人，可是缺乏灵活性！尽管你个头很大，可依然是一头笨牛……”

虽然我读了不少书，又喜欢朗诵诗，自己还学着写诗，但我说话仍然用“自己的词汇”。我知道，这些词汇非常粗俗难懂，而且语义尖刻，但我觉得，只有它们才能够表现我思想深处混乱的状态。而有时候我故意用些粗鲁的词句，以抗议那些让我感到格格不入、使我非常恼恨的东西。

我的一位学数学的大学生老师责备我说：

“鬼晓得您是怎么说话的。您不是用词汇在表达，而是用一个个秤砣在砸！”

一般地说，我也不喜欢我自己，就像半大孩子们常有的那样，认为自己非常可笑，很粗野。我的脸型像卡尔梅克人[1]，颧骨突出，嗓子也不听我使唤。

可是老板的妹妹行动敏捷，步履轻盈，像凌空的燕子。我觉得，她轻盈的动作与她那圆鼓鼓的柔软的身段不大协调。她的动作和走路的姿势，总是有点不对劲，像是故意做出来给人看的。她说话的声音乐呵呵的，常常发笑，听着她快乐的笑声，我在想：她是希望我能够忘记我头一次看见她时的样子。可是我却不

1　俄少数民族，主要居住在俄联邦卡尔梅克自治共和国境内，约十余万人，讲卡尔梅克语，首府埃利斯塔市。

愿意忘记这件事，我很珍惜这一非同寻常的际遇，我很想知道那些可能发生的和正在发生的事情。

有时候她问我：

“您在读些什么书？”

我的回答很简短，而且我想反问她：

“您为什么要打听这个？”

有一次，面包师想和他那个短腿姑娘亲热一番，用喝醉了酒的腔调跟我说：

“请你出去一会儿。哎，你可以到老板的妹妹那里去，有什么好犹豫的？要知道，大学生们……”

我说，要是再说这种话，我可要用秤砣砸他的脑袋了。然后我就向过道里堆放面粉袋的地方走去。透过关得不怎么严实的门缝，我听到了卢托宁的说话声：

“为什么我要生他的气？他成天埋头读书，像个疯子……”

过道里，老鼠横行，吱吱乱叫；面包坊里，那姑娘哼哼哧哧，呻吟声不断。我来到院子里，外面细雨蒙蒙，几乎听不到一点声音，但还是令人有些透不过气来，空气里充满了一股烟熏味——森林着火了。已经是后半夜了。面包店对面的房子窗户大开，灯光昏暗，屋子里有人唱道：

圣徒瓦尔拉米[1]本人，
头戴金色的光环，
笑容满面地……

1 基督教圣徒。这首歌在喀山神学院大学生们中间颇为流行，歌名《从早到晚》，带有明显的反宗教色彩。

俯看着她们。

我想象着让玛丽亚·杰连科娃躺在我的膝盖上——就像面包师的那个姑娘躺在他的膝盖上那样——可我打骨子里感到这是不可能的，简直太可怕了。

他通宵达旦，从未间断，
一边喝酒，一边唱歌，
还干着那——哎哟！
不言自明的勾当……

合唱中一个男低音的“哎哟”二字，显得特别突出。我弯着腰，两手撑着膝盖，向窗子里张望着，透过窗帘的花边，我看到一间方方正正的地下室，浅蓝色的灯罩下，一盏小灯照耀着四周灰色的墙壁；一个姑娘坐在灯下，面对窗户在写着什么。现在她抬起了头，用红色的笔杆把耷拉在鬓角上的一绺头发撩了上去。她眯缝起眼睛，脸上现出了微笑。她慢慢地把信纸折叠起来，装进信封，用舌头在信封口上舔了舔，然后把信扔到桌子上，用比我的小手指还要小的手指头，恶狠狠地指了指它。但是她马上又拿起了信，眉头紧皱，打开信封，读了一遍，装入另外一个信封，写好地址，躬着腰，把信举得像一面白旗，在桌子上空摇晃着。她旋转着身子，拍着双手，向放着她床铺的屋角走去，然后又回转过来，脱去短上衣，露出那圆鼓鼓、肉乎乎的双肩，她从桌上端起了灯，消失在屋角里了。当你观察一个人孤身独处的时候，他的举止就像是一个疯子。我在院子里走动的时候，心里一直在想：这姑娘孤身一人，独居斗室，她的生活有多怪呀。

可是，当一个长着浅红色头发的大学生前来找她，压低嗓门，差不多像说悄悄话似的跟她说什么的时候，她被吓得全身缩作一团，样子变得更娇小了。她怯生生地看着他，双手放在背后，或藏在桌子下面。我不喜欢这个红头发大学生。非常不喜欢。

那个矮墩墩的姑娘身上裹着一块方头巾，踉踉跄跄地走过来，嘴里嘟囔着说：

“回面包坊去吧……”

面包师一面把面团从柜子里往外掏，一面跟我说，他这个小情人如何令人销魂，如何不知疲倦，而我却在想：

“以后我会怎么样呢？”

这时，我觉得，就在不远处的某个地方，一个什么犄角旮旯，倒霉的事情正在等待着我呢。

面包店的生意非常红火，以至于安德烈·杰连科夫打算另外再开一间更大的面包作坊，而且决定再雇一名帮手。这事太好了，我一个人工作太忙，累得我简直晕头转向。

“在新开的面包作坊里，你就是大帮厨了，”面包师答应我说，“我会跟老板说，让他们把你的工资提到每月十个卢布。没错。”

我知道，把我提升为大帮厨，这对他非常有利。他这个人不喜欢干活，而我则很乐意干活，累一点对我有好处，劳累可以消愁解闷，抑制强烈的性冲动。不过这却使我没法读书了。

“好哇，你终于读不成书啦，让老鼠去啃它们吧！”面包师说，“可是你难道就没做过梦吗？恐怕做过，只是不愿意说而已！这太可笑了。要知道，说梦最安全了，用不着担惊受怕……”

他对我的态度十分亲切，甚至好像非常尊敬。也许是因为我是老板的眼线，他有点怕我，尽管这丝毫不妨碍他盗窃货物，一切照偷不误。

外婆去世了[1]。我是在她安葬七周后，才得知她去世的消息的，是我一个表兄弟写信告诉我的。他在那封简短的信里——没有标点符号——说，我外婆在教堂门口讨饭时跌了一跤，摔断了一条腿；第八天时“转成了坏疽病”[2]。后来我听说，我的两个表兄弟和一个表姐，还有他们的孩子们——都是身强力壮的年轻人——一直全靠我外婆用乞讨来的东西养活他们。他们根本没想到要请个医生来给她瞧瞧。

信里说：

> 她被安葬在彼得罗巴甫洛夫斯基墓地我们大家给她在那里送的葬那些以乞讨为生的人他们都很爱她而且都哭了爷爷也哭了他把我们撵走后自己一个人留在墓地我们从旁边的灌木丛里看着他在哭他也活不了多久啦

我没有哭，只记得当时冷风嗖嗖，直向我袭来。夜晚，我坐在院子里的劈柴堆上，我有一种强烈的、想对什么人讲讲我外婆的事的迫切愿望，讲讲她有多么聪明、贤惠，她对所有的人都像母亲对孩子一样。但是我没有人可以诉说，就这样，长期压在心头，时间久了，便烟消云散，渐渐地淡忘了。

1　她死于1887年2月16日，葬在下诺夫戈罗德的彼得罗巴甫洛夫斯基墓地。

2　一种肌肉坏死症；机体大块组织坏死，受细菌感染而腐烂，呈黄绿色或黑色。

许多年后，我读了契诃夫[1]的一篇讲一个马车夫对一匹马诉说自己儿子死亡的极其真实的故事后，我回想起了那段日子。遗憾的是，在那极度悲伤的日子里，我身边连一匹马、一条狗也没有，我没有想到可以跟老鼠去分担痛苦——面包作坊里它们倒是不少，而且我和它们和平共处，相安无事。

城里的警察尼基弗雷奇像老鹰似的，开始在我的身边打转。他身材匀称，体格健壮，留一头银色的短发，经过精心修饰的胡子又宽又密；他一面津津有味地咂巴着嘴，一面瞅着我，仿佛在察看一只圣诞节前要宰杀的鹅一样。

“我听说，你很喜欢读书，是吗？”他问道，“说说看，你都看些什么书？比如是圣徒传呢，还是圣经？”

“圣经我读，月书[2]我也读。”这使尼基弗雷奇大为惊讶，看上去，这下可把他给搞糊涂了。

“是吗？读书可是件好事，没得说！那托尔斯泰伯爵的书，想必你也有所涉猎吧？”

托尔斯泰的书我也读过，不过，我读的那些书，并不是警察感兴趣的作品。

“这么说吧，它们都是些很一般的书，人人都在写，据说，他的有些书是反对神父的，不妨找来读一读！”

“有些”[3]胶版印刷的书我也读过，但我觉得它们写得都非常枯燥，而且，我知道不应该跟警察谈论这些书。

---

1 安东·契诃夫（1860—1904），俄国小说家、剧作家，这里指的是他于1886年发表的短篇小说《苦恼》，作品寄托了作者对穷苦劳动者的深切同情。

2 供教徒们全年阅读的基督教祈祷经文汇编，每月一本，或是根据教会纪念每位圣徒的日子，按月编写的圣徒传汇编。

3 指列夫·托尔斯泰的一些宗教哲学文章，教会当局虽已查禁，但私下流传还很广。

我们在街上边走边谈，谈过几次后，这老头儿决定邀请我到他那里去坐坐。

“请到我值班岗亭里来坐吧，喝杯茶。”

我当然知道他想从我这儿得到点什么，但我确实也想到他那里去看看。我跟一些脑子聪明的人商量过后，认为，我若谢绝这位巡警的盛情邀请，定会增加他对我们面包作坊的怀疑。

于是，我就到尼基弗雷奇那里做客去了。那是一个小小的岗亭，俄式壁炉占去了三分之一的空间；另外三分之一的地方摆放着一张挂着印花布帐子的双人床，床上有许多带红枕套的枕头；剩下的地方，摆放着一个装厨具的柜子，一张桌子，两把椅子，靠窗放了一条长凳。尼基弗雷奇解开制服扣子，坐到长凳上，身子完全挡住了亭内唯一的一小扇窗子，他的妻子坐在我的旁边，是个面色红润、胸部丰满的二十来岁的小娘儿们，两只灰色的眼睛狡猾、凶狠，非常奇特；鲜红的嘴唇任性地向上噘着，说起话来气鼓鼓的，语气非常生硬。

“我知道，”这位巡警说，“我的教女谢克列捷娅常到你们面包作坊里去，她是个行为放荡的下贱姑娘。我看所有的娘儿们都是下贱货。”

“所有的？”他的妻子问道。

“无一例外！”尼基弗雷奇坚决地说，同时把胸前的奖章晃得叮当作响，就像马甩动马具似的。他端起茶杯喝了一口茶，兴致勃勃地重申道：

“从最下贱的街头妓女……一直到女王，全都是些放荡下流的东西！示巴女王[1]穿越荒漠，跋涉两千俄里，去找所罗门王，为

1　见《旧约全书·列王纪上》第10章。

的就是要过荒淫无耻的生活。同样，叶卡捷琳娜女皇[1]也是这样，尽管她号称大帝……”

尼基弗雷奇详细地讲述了一个锅炉工的故事，这个锅炉工跟女皇过了一夜，从此平步青云，从军士一直干到将军，什么官都当了。他妻子认真地听着，不时地舔着嘴唇，同时一只脚在桌子下老是碰我的脚。尼基弗雷奇讲起来滔滔不绝，妙语连珠，不知怎么搞的，不知不觉中，他便转变了话题：

“比如说，这里有个一年级大学生，叫普列特尼奥夫。”

他老婆叹了口气，插话道：

“人长得不怎么样，然而是个好人！”

“谁？”

“普列特尼奥夫先生。”

“第一，他现在还不是什么先生，等他学成之后，才能成为先生，眼下他只不过是个普通的大学生，这样的人我们这里数以千计。第二，什么叫作好人？”

“乐观，年轻。”

“第一，戏班子里的小丑也很乐观……”

“小丑是为了赚钱才逗人乐的。”

“嘘！第二，大狗都是从小狗过来的……”

“小丑就好比猴子……”

“嘘，这我已经说过了！你没听见吗？”

“喏，听见了。”

1　指18世纪的俄国女皇叶卡捷琳娜二世（1729—1796），她原为德国公主索菲娅·奥古斯塔，1762年借近卫军之力推翻彼得三世上台称帝，大大加强了俄国的专制制度。

“这不就结了……”

尼基弗雷奇把妻子压下去后，对我说：

“好，请你和普列特尼奥夫认识一下，他是个很有意思的人！”

大概他不止一次在街上看见我和普列特尼奥夫待在一起，所以，我说：“我们认识。”

“是吗？原来是这样……”

听得出，他的话中有些懊恼。他猛一转身，胸前的各种奖章发出叮当的响声。而我则提高了警惕，因为我知道，普列特尼奥夫正在用胶版印刷某种传单[1]。

那女人一面暗中用脚碰我，一面存心在逗老爷子，而老爷子则像孔雀开屏似的，一再炫耀自己口若悬河的语言才能。他老婆的瞎捣乱使我没法儿好好听下去。不经意间，我又发现尼基弗雷奇改变了语气，声音变低了，更富于感染力了。

“有一条看不见的线，你明白吗？”他瞪大眼睛看着我的脸说，好像被什么吓了一跳似的。“你可以把皇帝陛下当成一只蜘蛛……”

“哎呀，你这是什么话！”那女人惊叫道。

“你给我闭嘴！蠢货，这样说是为了明白易懂，不是存心骂人。真是木头脑袋！把茶炊拿走……”

他把眉毛一皱，眯缝起眼睛，然后一本正经地说：

“有一条看不见的线，跟蜘蛛网一样，以皇帝陛下亚历山大

1　Г.普列特尼奥夫和民粹派及马克思主义小组都有联系，曾给他们印刷过秘密材料（见《高尔基文集》30卷集，第25卷，第343页）。

三世[1]为中心，透过各部大臣、各省总督大人及各级官员，一直到我，甚至到最基层的士兵，联结在一起。这条线把一切都联系了起来，把一切都网罗在一块儿，构筑成一座看不见的城堡，以确保皇帝的王国千秋万代，永世长存。而那些被狡猾的英国女王收买了的波兰佬、犹太佬和俄国人，他们千方百计地想扯断这条线，好像他们是在为人民着想似的！”

他隔着桌子向我探过身来，态度严厉地低声问我：

“明白了吗？对，对。为什么我要跟你说呢？因为你们的面包师总是夸你，说你是个好小伙子，既聪明，又老实，独自一人生活。可那些大学生们经常去你们面包店里闲逛，整夜整夜地待在安德烈·杰连科夫老婆那儿。要是只有一个人，这很容易理解。但若是许多人呢？啊？我绝不是反对大学生们——今天他是大学生，明天他可能就是位副检察长。大学生们都是好人，他们只不过是想急着发挥作用，而沙皇的敌人们却在教唆他们！懂吗？再说了……”

但他还没有来得及往下说，忽然门被打开了；一个红鼻子小老头，卷曲的头发上扎着一条细皮带，手里拿着一瓶伏特加酒，醉醺醺地走了进来。

“咱们下盘跳棋怎么样？”他兴冲冲地问道，接着就是一连串的俏皮话，显得十分活跃。

“这是我岳父，我妻子的父亲。”尼基弗雷奇愁眉苦脸地说。

过了一会儿，我便告辞而去，这时，那狡猾的女人在我身后

1　亚历山大三世（1845—1894），亚历山大二世的次子，1881年起成为俄国的皇帝，是最保守的贵族阶级利益的代表，独断专行，残酷镇压民主运动，1885年基本上将中亚地区全部并入了俄国。

随手关上岗亭门的时候，使劲捏了我一把，说：

“你看这云彩多么红呀，简直像一团火！”

天空里有一小块金灿灿的云彩正在慢慢地消失。

我并不想得罪我的那些老师们，但我毕竟得说，这位岗警在向我解释国家机器构成的时候讲得比他们要更透彻、更直观。一只大蜘蛛端坐在某个地方，从它那里开始，“有一条看不见的线”把全部生活都紧紧联结起来，严密控制起来。很快，我到处都感受到了由这条线编织起来的牢固的环节。

晚上，关了店门之后，女主人把我叫到她那里，开门见山地对我说，她是受委派来了解情况的：岗警跟我谈了些什么？

“哎呀，我的天哪！”听了我的详细报告后，她惴惴不安地惊叫一声，立刻像耗子似的在屋子里窜来窜去，一个劲儿地直摇晃脑袋。“怎么，面包师什么都没有问您吗？要知道，他那个情人可是尼基弗雷奇的亲戚呀，难道不是吗？必须得把他赶走。”

我站在那里，靠着门框，斜眼望着她。不知怎么搞的，她张口便说出“情人”这个词，这未免太随便了——我很不喜欢。我也不喜欢她要赶走面包师的主意。

“您要当心点。”她说。像往常一样，她直勾勾的眼神使我感到有些窘迫；它好像在探询什么我无法理解的东西。她就站在我的面前，背抄着双手。

“你为什么老是这样愁眉苦脸的？”

“我外婆刚去世不久。”

她觉得这很滑稽，便笑着问我说：

“您很爱她吗？”

“是的。您还需要了解什么吗？”

"不需要了。"

我走了。当夜，我写了一首诗，记得诗中老出现这样一个句子：

您——装得并不像。

于是决定，以后大学生们尽量少到面包店里来。见不到他们，我在书中遇到不懂的问题几乎就无人可以请教了，于是我把我感兴趣的问题都记在笔记本上[1]。可是，有一次，我实在是累了，趴在本子上就睡着了。面包师看了我的笔记本，叫醒了我，问道：

"你写的这是什么呀？'为什么说加里波第[2]没有把国王赶走？'加里波第是什么人？再说了，难道国王是可以赶走的吗？"

他气呼呼地把笔记本往柜台上一扔，随即跳进炉前的浅坑里，嘴里嘟囔着说："请说说看，他要赶走国王，有那个必要吗？这太可笑了。你还是丢掉这种想法吧。什么读者？五年前，在萨拉托夫[3]，宪兵队像逮老鼠似的抓捕过这样的读者，千真万确。现

---

1 高尔基在《谈技艺》一文中谈到过他在喀山记笔记的事，他说1929年他喀山的老朋友B.鲁德尼奥夫曾把笔记本寄还给他，上面尽是些读书笔记和一些不成熟的诗文（见《高尔基文集》30卷集，第25卷，第350页）。

2 加里波第（1807—1882），意大利民族解放运动革命民主派领袖，军事家。1834年因起义失败被撒丁王国缺席判处死刑，被迫出走法国，后又流亡拉美。1848年返回意大利，曾多次参加起义，均未如愿；1860年率"千人义勇军"远征，解放南意大利，从波旁分子手里解救了皮埃蒙特王国，然后把统一意大利的领导责任拱手让给了皮蒙特国王，从而确保了意大利1859—1860年革命的胜利。1866年对奥作战，收回威尼斯；1870年普法战争中援助过法国共和政府；1871年巴黎公社成立，他当选为国民自卫军中央委员。为祖国的解放与统一，他献出了毕生的精力。

3 俄国萨拉托夫州中心，伏尔加河港口城市。

在没有这种事，可是尼基弗雷奇也已经盯上你了。你就别再去赶跑什么国王了，对于你来说，国王可不是鸽子啊！”

他说这话对我是一番好意，可我却不能怎么想就怎么说，以回报他的这番情意，因为人们不允许我跟面包师谈这种“危险的话题”。

城里正流传着一本炙手可热的小册子，人们竞相阅读，争论不休。我请求兽医拉夫罗夫把这本书给我搞来看看，可他却无奈地说：“唉呀，不行，老弟，很难指望！不过好像最近有人要在一个地方朗读这本书，不然，到时候我带你去……”

圣母升天节[1]那天夜里，我沿着阿尔斯基田野，跟在拉夫罗夫身后，黑灯瞎火地一路向前走去，他走在前面约五十俄丈远[2]的地方。田野里空无一人，可我还是根据拉夫罗夫的建议，采取了“预防措施”——边走边吹着口哨，哼着小曲，“装作是喝醉酒的工人师傅”。我头上的一块块乌云在慢慢地移动，月亮在乌云间像一个金色的皮球缓缓地滚动，云层的阴影覆盖着大地，一汪汪水洼银光闪闪，泛出一片片铁青色。背后，是城市愤怒的喧闹声。

我的引路人走到神学院后面一个园子的围墙边站了下来，我急忙赶了过去。我们悄悄地翻过围墙，穿过杂草丛生的园子，一碰到树枝，就有大滴大滴的水珠洒落到我们的身上。我们站在一幢房子的墙边，轻轻敲了敲紧闭着的窗户的护板——一个留着大胡子的人打开窗子，我看见他的背后是一片漆黑，听不见任何声音。

“谁呀？”

“从雅科夫那儿来的。”

1　1887年的8月15日（旧历）。

2　一俄丈约等于2.134米。

“翻进来吧。”

黑咕隆咚的屋子里好像有许多人，听得见衣服和脚步的沙沙声，人们轻轻地咳嗽着，小声地交谈着。有人划着了一根火柴，照亮了我的面孔。我看见墙边地板上有几个黑的人影。

“来齐了吗？”

“来齐了。”

“把窗帘拉上，别让人看见护窗板缝隙里透出去的光线。”

一个怒气冲冲的声音拉大嗓门说：

“是哪个聪明人想出的主意，把我们叫到这样一间空无一人的房子里来的？”

“小声点！”

有人点亮了屋角的一盏小灯。房间里空空荡荡，没有什么家具，只有两只箱子，箱子上放着一块木板，木板上——像寒鸦落在围墙上似的——坐着五个人。那盏小灯也在“竖着”的一只箱子上放着。墙边的地板上还有三个人，窗台上有一个人——是一个蓄着长头发的青年，人长得身单力薄，面色苍白。除了他和大胡子外，别的人我全都认识。大胡子瓮声瓮气地说，他要给大家朗读一本叫《我们的意见分歧》的小册子，作者是格奥尔吉·普列汉诺夫，[1]“原民意党人。”[2]

1 格奥尔吉·普列汉诺夫（1856—1918），俄国和国际社会民主运动活动家，哲学家，马克思主义理论宣传家。1875年加入民粹派。1880年侨居国外，宣传马克思主义，反对民粹主义，《我们的意见分歧》一书就是批判民粹派的。

2 “民意党”是俄国最大最有势力的革命民粹派组织，1879年成立于彼得堡。其纲领是：推翻沙皇专制制度，召开立宪会议，要求民主自由，还土地于农民。该组织曾8次刺杀沙皇亚历山大二世，终于在1881年3月1日刺杀成功，后遭到沙皇政府的残酷镇压，从此一蹶不振，有人曾多次试图恢复活动，东山再起，但均未能如愿。

黑暗中，地板上有人吼了一嗓子：

“我们知道！”

周围的神秘气氛让我感到兴奋和激动，神秘的诗才是最崇高的诗。我感到自己像是一名在教堂里做早祷的信徒，不禁想起了古罗马最早的基督徒在地下避难所里的晨祷仪式。房间里一片瓮声瓮气的男低音，但言谈话语，清晰可辨。

“胡扯淡。”屋角又传来一声吼叫。

黑暗中有一件什么铜器在闪闪发光，显得很神秘，但又不太明亮，很像是一顶古罗马武士戴的头盔。我猜想可能是火炉的透气罩。

人们在屋子里低声交谈，一片嘈杂，其间夹杂着一些激烈的言辞，很难听明白谁在说什么。有人从窗台上越过我的头顶，用嘲笑的口气大声问道：

“咱们还读不读了呀？”

问话的是那个脸色苍白的长头发青年。这时大家都静了下来，只听见朗读者低沉的声音。有人划着了火柴，点着了烟卷，红色的火苗，映照出正在深思的人们，他们有的眯缝着眼睛，有的眼睛瞪得大大的。

朗读持续了很长时间，听得让人昏昏欲睡，十分疲惫，尽管我很喜欢那些唇枪舌剑的言辞和激昂慷慨的话语，它们很容易地就变成了令人信服的思想和道理。

不知为什么，突然间，朗读者的声音一下子停住了，屋子里马上响起了愤怒的喊叫声：

“叛徒！”

"花言巧语，口是心非！"[1]

"这是对英雄所洒鲜血的亵渎。"

"格涅拉洛夫[2]和乌里扬诺夫[3]被绞死后……"

这时，窗台上又传来那个青年的声音：

"先生们，咱们能不能不破口大骂，而就问题的实质，进行严肃认真的争论呢？"

我不喜欢争论，也听不出个所以然，我很难听明白别人变幻莫测而又自以为是的激进思想；争论双方那种赤裸裸的自我欣赏、死要面子的态度总让我感到十分反感。

那位青年从窗台上俯下身子问我道：

"您是面包师彼什科夫吗？我叫费多谢耶夫[4]。咱们应该相互认识一下。老实说，这里没有什么事情可干，这样吵吵嚷嚷已经很久了，可是毫无用处。咱们出去走走，好不好？"

关于费多谢耶夫，我已经听说过很多，他组织了一个很严肃的青年学习小组。我很喜欢他那张有点神经质的苍白的面孔和一双深陷的眼睛。

---

1 见《新约全书·哥林多前书》第13章，原文是："我若能说万人的方言，并天使的话语，却没有爱，我就成了鸣的锣，响的钹一般。"这里"鸣的锣，响的钹"，权且译为"花言巧语，口是心非"。

2 瓦西里·杰尼索维奇·格涅拉洛夫（1867—1887），俄国"民意党"恐怖组织的成员。曾参加1887年3月1日刺杀沙皇亚历山大三世的密谋，同年5月8日在彼得堡被绞死，年仅20岁。

3 亚历山大·伊里奇·乌里扬诺夫（1866—1887），民意党恐怖组织的领导人之一。列宁的哥哥。参加了1887年3月1日刺杀亚历山大三世的准备活动。在施吕瑟尔堡要塞被处绞刑，年仅21岁。

4 尼·叶·费多谢耶夫（1871—1898），俄国最早的马克思主义理论家之一。1888年在伏尔加河沿岸地区组织建立社会民主主义小组，宣传马克思主义，与列宁有书信往来，最后死于流放。

我们在田野里走着，他问我工人中我有没有熟人，我在读些什么，空闲时间多不多，还说：

“我听说过你们这个面包店，奇怪的是，您竟然会干这种没意思的工作。您干吗干这种工作呢？”

有时候我自己也觉得我没必要干这种工作，这个想法，我对他说了。我的话使他非常高兴，他紧紧地握着我的手，脸上露出灿烂的笑容，他对我说，后天他要出一趟门，得两三个星期，回来后他再通知我：我们怎样再见面，在什么地方见面。

面包店的生意相当不错，可是我自己的事情却每况愈下。搬到新的面包房后，我的工作量越来越大。我要在面包房里干活，还得挨家挨户地去送面包，去神学院和“贵族女子学校”[1]送面包。姑娘们从我的篮子里挑选奶油鸡蛋面包的时候，常常顺手塞给我一些便条，使我感到惊讶的是，我从这些漂亮的便条上往往能够看到一些笔迹稚嫩但恬不知耻的话语。我直感到纳闷：当一群穿得干干净净、眉清目秀、欢蹦乱跳的贵族小姐，围着我的篮子，做着鬼脸，伸出粉红色的小爪子，翻来覆去挑选面包的时候——我看着她们，尽量去猜想——到底是谁给我塞的那些没羞没臊的便条？难道她们不知道这些便条上写的话有伤风化吗？于是，我回想起了那些污浊不堪的“花街柳巷”，心里想：

“难道这种花街柳巷里也有一条‘看不见的线’吗？”

有一个梳着大辫子、胸脯丰满、黑头发的姑娘，在走廊里把我叫住，她急匆匆地小声对我说：

1　是19世纪初由喀山女地主罗季奥诺娃出资兴办的一所学校。

“你把这个便条按上面的地址送去，我给你十个卢布。”

她望着我，紧咬着嘴唇，亲切温柔的黑眼睛含满了泪水，面颊和耳朵涨得通红。我谢绝了她的十个卢布，接过便条，把它送交给高等法院一位法官的儿子——一个面带红晕、患有肺结核的高个子大学生。他说要给我五十个卢布，然后默默地、一门心思地在数着零钱，当我说不用给我钱时，他便把这些零钱往自己的裤子口袋里装，但是没有装好，钱被撒落了一地。

看着这些五戈比、七戈比的硬币满地乱滚，他一时没了主意，急得一个劲儿地直搓手，搓得指关节嘎嘎直响，他吃力地喘着气，嘴里嘟囔着说：

“这该怎么办呢？喏，再见！我得想一想……”

我不知道他想了些什么，但我替那位小姐感到非常惋惜。她很快便从学校里消失了，十五年后我遇见了她，当时她在克里米亚一所中学里教书，患了肺结核，而且饱受世态炎凉之苦，所以一谈到人间世事，沧海桑田，她就恨得咬牙切齿，气不打一处来。

送完面包，我便躺下睡觉，晚上还要在面包作坊里干活，这样半夜以前我就能够将烤制好的奶油鸡蛋面包送到面包店里——面包店就坐落在市剧院的旁边，因此，演出一结束，观众就会到我们店里来享用热腾腾的酥皮面包。然后我再去按分量揉制大的面包和法式小面包，两只手要揉制十五到二十普特的面粉——这可不是闹着玩的。

然后再睡上两三个小时，接着再去送面包。

就这样，天天如此。

可这时我有一种非常强烈的愿望，一心想传播某种“合理、善良、永恒的东西”[1]。我善于和人交往，很会讲故事；我的想象力来自我的亲身经历和我所读过的书。对于我来说，将一件寻常的事编成一个有趣的故事，不用费多大劲儿；故事绕来绕去，归根结底，总离不开那“一条看不见的线”。我认识克列斯托夫尼科夫的和阿拉富佐夫的工厂的工人们[2]，特别是跟老纺织工人尼基塔·鲁布佐夫的关系非常亲密，他差不多在俄国所有的纺织厂里都干过，人非常活跃，而且聪明能干。

“列克谢，我的马克西梅奇[3]，你还年轻，我的流浪儿，新的机灵鬼！我在世上已经混了五十七个年头了！”他压低着声音说道，一双有疾患的灰色眼睛在墨镜后面露出了微笑。这副墨镜是他自己用铜丝制作的，因此，在他的鼻梁和耳后都染上了绿色铜锈的斑点。纺织工人们都叫他德国佬，因为他在刮掉大胡子时上嘴唇上留了浓密的唇髭，下嘴唇上蓄着一撮花白的山羊胡。他身材适中，宽胸膛，生性欢乐，又有几分忧伤。

“我喜欢看马戏，”他说，同时将疙里疙瘩的秃脑袋歪到左肩上，“那些原本是牲口的马，是怎样训练出来的，啊？简直太奇妙了。看着这些个牲口，真让人佩服。我想，喏，这就是说，也可以教人们去用脑子思考。马戏团的人用白糖来驯化牲口，而我们，当然，可以到小店里购买这种糖。我们的心灵也需要糖，而这种糖，就是关爱！就是说，一个小伙子，为人处世，要学会关爱人，不能像我们现在这个样子，动不动就棍棒相加，是不

1　出自俄国诗人、革命民主主义者尼·阿·涅克拉索夫（1821—1877）的《致传播者》（1876）中的诗句。

2　克列斯托夫尼科夫的工厂生产肥皂与蜡烛，阿拉富佐夫的工厂生产亚麻制品；19世纪末这两家工厂算是喀山最大的工业企业了，各有工人近两千名。

3　这是俗称，正式应当叫阿列克谢·马克西莫维奇，即彼什科夫（高尔基的原名）。

是？”

他自己对人的态度并没有表现出多少关爱，说话带刺儿，瞧不起人，争论时，语言简单生硬，常常大喊大叫，显然是想激怒对方。我是在啤酒店里认识他的，当时有人就要打他，而且已经打过他两次，是我站出来劝阻，把他给拉走了。

“打疼您了吗？”我一面问他，一面和他在黑暗中走着，这时，头上正下着蒙蒙的秋雨。

“喏，哪有他们这种打法？”他满不在乎地说。“等一下，你为什么跟我称呼起‘您’来了？”

从此，我们就算认识了。起初，他常常笑话我，说话风趣幽默，机智灵活，但当我告诉他那根“看不见的线”在我们的生活中发挥什么作用时，他若有所思地感叹道：

“你这个人并不笨，一点也不笨！真行啊？你……”从此以后，他对我，就像父亲似的，关怀备至，甚至正儿八经地称呼起我的名字和父称来[1]。

“你的想法呀，我的列克谢·马克西梅奇，我亲爱的小锥子，都是对的，只不过是没有人相信你，划不来……”

“您相信吗？”

“我是一条秃尾巴的丧家犬，民众则是用链条锁着的一群狗，每条狗的尾巴上都带有许多牛蒡之类的累赘：老婆、孩子、手风琴、套鞋等；而且，每条狗都很留恋自己原来的那个窝。他们不会相信你的。我们那儿——莫罗佐夫的厂子里——就出过事儿[2]！谁牵头，走在前面，谁的脑门子上准会挨人揍，而脑门子可

1　称呼名字和父称是尊敬的表现。

2　指1885年莫罗佐夫纺织厂工人大罢工，这次罢工对工人运动的开展起了很重要的作用。

不是屁股，够你吃不了兜着走了。”

雅科夫·沙波什尼科夫是一名钳工，是克列斯托夫尼科夫厂的工人，患有肺结核，会弹吉他，精通《圣经》。自打和这位钳工认识后，鲁布佐夫说话就有点不一样了，雅科夫断然否定上帝存在的态度，使他大为惊讶。他一面随地吐着从肺里咳出来的血痰，一面坚定、动情地证明说：

“第一，我完全不是‘照着上帝的形象和样式’[1]造出来的，我一无所知，什么也不会，而且，我不是一个善良的人，不，我不是一个善良的人！第二，上帝不知道我有多么困难，或许知道，但是他无能为力，再不就是他能够帮助，但是，他不愿意。第三，上帝也不是无所不知、无所不能、慈悲为怀的，简单说吧，他根本就不存在！这都是臆造出来的，全都是凭空想象，整个生活也是假想出来的，然而，这骗不了我！”

鲁布佐夫惊讶得连话都说不出来了，然后他怒不可遏，破口大骂起来，但是雅科夫援引《圣经》中的一段话，用庄重严肃的语言，解除了他的武装，使他无言以对，待在一边仔细想事儿去了。

雅科夫·沙波什尼科夫说起话来几乎有些令人生畏。他的脸又黑又瘦，一头黑色卷发，跟茨冈人似的，发青的嘴唇间露着狼一般的牙齿。他那双黑眼睛死死盯着对方的脸，这种令人难以忍受的、咄咄逼人的目光，实在让人承受不了，它使我想起了妄想狂患者的眼睛。

鲁布佐夫和我从雅科夫那儿出来后，路上他情绪低沉地对我说：

1　见《旧约全书·创世纪》第1章第26节。

“还没有人当着我的面反对过上帝。这样的话我闻所未闻。什么样的话我都听到过，可这样的话从未听说过。当然，这个人活不了多久了。唉，他也够可怜的了！人都快烧干了……真有意思，老弟，非常有意思。”

鲁布佐夫很快便和雅科夫变成了好朋友，而且整个人好像疯了似的，感情激动得不得了，时不时地总是用手指头擦拭两只有病的眼睛。

“是这样，”他扬扬自得地说，“就是说，上帝也该退位了，是不是？哈哈！至于沙皇，我的好先生，我有自己的看法：沙皇碍不着我的事。关键不在于沙皇，而在于老板。随便哪一位沙皇我都不在乎，哪怕是伊万雷帝[1]呢？好，当你的沙皇吧，就由你来统治好了，只要你乐意，只不过你要给我管住老板的权力，这就行了！你给我这个权力，我就用金锁链把老板锁在沙皇的宝座上，我会为你祈祷的……”

读完《饥饿王》后，他说：

“写的都是通常的事，完全正确！”

他头一次看到这种石印的小册子，问我道：

“这是什么人给你写的？写得很准确。你告诉他——谢谢了[2]。”

鲁布佐夫的求知欲永无止境。他以高度集中的注意力倾听雅科夫·沙波什尼科夫大骂上帝的话，常常一连几个小时听我讲

1　即伊万四世（1530—1558），瓦西里三世之子；俄国历史上第一位沙皇（1547年起），号称“雷帝”。在位时实行司法行政改革，对中亚进行扩张，为夺取波罗的海出海口，不惜发动战争（1558—1583），并吞并西伯利亚（1581年）；为巩固自己的独裁统治，曾残酷地镇压和奴役广大农民。

2　谢谢了，阿列克谢·尼古拉耶维奇·巴赫。——作者注

书里的故事，听得他前俯后仰，哈哈大笑，昂着头，赞不绝口地说：“人的脑瓜儿就是机灵，哎呀，实在是机灵！”

他自己看书很费劲，因为眼睛有病，影响视力，但他知道的事情也不少，常常令我感到非常吃惊：

“德国有一个绝顶聪明的细木匠，国王时常亲自请他去进行咨询。”

经我一再追问，原来他讲的就是倍倍尔[1]。

“这您是怎么知道的？”

“我就是知道。”他一面简短地回答，一面用小手指搔了搔自己那疙里疙瘩的脑袋。

雅科夫·沙波什尼科夫对艰难繁重的乱糟糟的生活不感兴趣，他一心只想着消灭上帝，嘲笑教会里的神父，对修士之类的，尤其恨之入骨。

有一次，鲁布佐夫和颜悦色地问他：

“怎么啦，雅科夫，为什么你张口闭口地总是在反对上帝？”

这时他恶狠狠地喊叫得更凶了：

“除了上帝，还有谁在妨碍我呢，啊？我信奉他差不多有二十年了，在他面前，我一直在战战兢兢地过日子。我一忍再忍。争辩是不可以的。一切都由上面来定。被生活捆住了手脚。我对《圣经》进行了深入的研究，我发现一切都是臆造的！是杜

1　奥古斯特·倍倍尔（1840—1913），德国和国际社会主义运动著名活动家，德国社会民主工党和第二国际的创建者和领导者之一。少年时学过车工，20岁后开始投身工人运动。1869年创建了德国社会民主工党。1871年坚决支持巴黎公社革命。曾两次入狱，出狱后坚持革命斗争。1907年因心脏病死于瑞士。从鲁布佐夫说的“国王时常亲自请他去进行咨询”这句话里，显然他指的就是倍倍尔，因为倍倍尔当时是德国的国会议员。

撰出来的，尼基塔！”

他挥动着一只手，像要把那条“看不见的线”扯断似的，他几乎哭着说：

“瞧吧，为此我会过早死去的！”

我还有几个很要好的朋友：我常到谢苗诺夫的面包作坊去看望老同事，他们非常欢迎我，很愿意听我给他们讲故事。但是，鲁布佐夫住在船厂区，而沙波什尼科夫住在鞑靼区，在卡班河对面很远的地方，彼此相距约五俄里，我很少能看见他们。可是他们到我这里来是不可能的，因为我没地方接待客人，何况新来的面包师是个退伍兵，常与宪兵们来往。宪兵队队部的后院就挨着我们的院子，因此，那些神气活现的“穿蓝制服的人”，经常翻过围墙，到我们这边来为汉加尔特上校[1]买小白面包，也为自己买些主食面包。再说了，已经有人劝我不要太“抛头露面”，以免引起别人对面包店不必要的注意。

我认为，我的工作已经没有什么意思了。常常发生这样的事：有人不顾店里营业的情况，随便从柜上支取现款，弄得店里有时候连买面粉的钱都拿不出来。安德烈·杰连科夫常常捋着胡子垂头丧气地苦笑道：

“我们快要破产了。”

他的日子也很不好过，一头棕色卷发的娜斯佳已经“身怀六甲”，还凶得像只恶猫，龇牙咧嘴的，嗷嗷直叫，气鼓鼓地瞪着一双绿眼睛，对一切人和一切事都瞧不顺眼。

她走起路来，旁若无人，直接往安德烈身上撞；安德烈像做

1 汉加尔特上校是喀山的宪兵队队长，后来（20世纪90年代）当了施吕瑟尔堡司令官。

错了事一样，一面赔着笑脸，给她让路，一面唉声叹气。

有时候，他向我诉苦说：

“一直都这样随便。大家想拿什么就拿什么，没一点章法。我给自己买了半打袜子，转眼间，全不翼而飞了！”

袜子的事是可笑的，但是我笑不出来，因为我眼看着这个默默无闻、无私奉献的人一心想把事情办好，而周围的人对这件事却不管不问，熟视无睹，甚至进行破坏。安德烈·杰连科夫并不指望得到他所照顾的这些人的感谢，但他有权得到这些人对他更多的关心和友谊，而不应该是现在的这种态度。他的家庭很快遭到了破坏，父亲由于宗教的原因得了忧郁症；弟弟开始酗酒，整天和姑娘们鬼混；妹妹表现得形同外人，看来她和那个红头发大学生的爱情进行得很不顺心，我常常看到她的眼睛哭得又红又肿，因此我对那个大学生也恨之入骨。

我觉得，我已经爱上了玛丽亚·杰连科娃。同样，我也爱上了我们店里的女售货员娜杰日达·谢尔巴托娃——一个人高马大、面色红润的姑娘，鲜红的嘴唇上总是挂着亲切的微笑。一般地说，我是个多情种子。年龄、个性和我没有规律的生活，都要求我和女人交往，而且，这方面与其说我是过早成熟，还不如说是为时已晚。我需要女人的爱抚，哪怕是女人的友好情谊也好；我需要坦率地剖析自己，理清楚我那凌乱不堪的思想和乱作一团的感受。

我没有朋友。人们把我看作是“一块有待加工的材料”，他们引不起我的好感，我无法和他们坦诚相待。当我跟他们谈起他们不感兴趣的话题时，他们就对我说：

“拉倒吧，你！”

古里·普列特尼奥夫被捕后[1]，被押送到彼得堡，关进了“十字架”监狱[2]。最初告诉我这个消息的是尼基弗雷奇，他是一大早在街上看见我时跟我说的。当时他冲我迎面走过来，神态庄重，若有所思，身上佩戴着所有的勋章，好像刚刚接受过检阅似的，他把一只手举到帽檐边，一声不响，从我身边擦肩而过，但是他马上又停下来，气鼓鼓地冲着我的脑后说：

“古里·亚历山大罗维奇是昨夜被捕的……”

然后，他挥了挥手，朝四下看了看，小声补充说：

“小伙子完了！”

我好像看见他狡猾的眼睛里闪耀着泪花。

我知道，普列特尼奥夫早就料到自己会被捕的，这件事他事先曾亲自警告过我，并告诫我说，无论是我，还是鲁布佐夫，都不要和他见面。他和我一样，跟鲁布佐夫也很要好。

尼基弗雷奇眼睛望着脚下，神情忧郁地问道：

“你怎么不到我这里来了？”

晚上，我去了他那里，他刚刚睡醒，正坐在床上喝格瓦斯[3]：他妻子弯着腰在窗边给他缝补裤子。

“情况就是这样，”这位岗警开口说，一边抓挠他那长满像浣熊一样长毛的胸口，一边若有所思地看着我。“他被抓了。在他那里搜出一口锅，他用它来熬颜料，印制传单，反对皇上。”

然后，他朝地上吐了一口唾沫，怒气冲冲地对妻子说：

1　古里·亚历山大罗维奇·普列特尼奥夫因参加学生运动曾经两次被捕，第一次是1888年2月，第二次是同年9月。先是关押在喀山监狱，后来被押解到彼得堡。

2　“十字架”监狱，1892—1917年期间对彼得堡监狱的俗称，因监狱建筑物的形状像多个十字架，故得名。

3　一种用燕麦酿制的清凉酸甜饮料。

“把裤子拿过来！”

“马上就好了。”她回答说，头也没有抬。

“她觉得他怪可怜的，还哭来着，”老头儿瞥了妻子一眼。“其实我也觉得非常惋惜。可是一个大学生反对皇上，能搞出什么名堂呢？”

他一面开始穿衣服，一面对妻子说：

“我出去一会儿……你把茶炊生上。”

他妻子呆呆地望着窗外，但是，当他一走出岗亭的门，她便迅速转过身来，冲门口伸出紧握的拳头，满腔怒火，咬牙切齿地说：

“呸，老不死的东西！”

她的脸已经哭肿了，左眼上有一大块青伤，几乎遮住了眼睛。她迅速直起身，走到炉子跟前，俯身在茶炊上，压低声音，恶狠狠地说：

“我要骗他，一定得骗他，让他连哭都来不及！像狼一样地号叫。你不要相信他的话，一个字也别信！他也会抓你的。他在撒谎，他对谁都不会觉得惋惜。整个一个捕鱼的。您的事儿他全知道。他就是吃这碗饭的。抓捕人是他的乐趣……”

她走到我跟前，把身子紧贴着我，用乞求的声音对我说：

“你能不能亲我一下，啊？”

我并不喜欢这个女人，但她瞧着我的那只眼睛是那样凶恶，那样怨气十足，于是我拥抱了她，并且抚摸了她那发硬、蓬乱而油腻的头发。

“眼下他正在盯谁的梢？”

“在跟踪雷布诺里亚德街一家旅馆的什么人。”

“你知道他的姓名吗？”

她微笑着回答说：

“好哇，我这就告诉他你向我打听了些什么！他回来了……古罗奇卡[1]就是他跟踪发现的……”

她迅速跳到炉子边上。

尼基弗雷奇带回来一瓶伏特加酒，还有果酱和面包。我们坐下来喝茶。玛林娜坐在我的身边，对我表现得特别热情、殷勤，用那只没被打伤的好眼睛仔细端详着我的脸，而她丈夫则意味深长地跟我说：“这条看不见的线在人们的心里，深入骨髓，试试看，你能把它拽出来，消除掉吗？沙皇，对人民而言，就是上帝！”

这时，他冷不丁地问道：“你读的书很多，福音书[2]读过吗？哎，怎么样？依你看，那里面说的话都对吗？”

“不知道。”

“依我看，有些话是废话，而且还不少。比如说，关于穷人：那里面说穷人是幸福的[3]，怎么个幸福法？这不是瞎说嘛。而且，一般地说，关于穷人的话，许多都是说不清楚的。生来的穷人和后来变穷的穷人，应该区分开来。生来的穷人，就等于是坏人！而后来变穷的人，也许只是他的不幸。应该这样来看问题。这样比较妥当。”

“为什么呀？”

他没有吭声，只是用探询的目光朝我看了看，然后字酌句斟，意味深长地说了一段话，看来，这是他经过深思熟虑后的想

1 古里·阿历山大罗维奇·普列特尼奥夫的昵称。

2 这里说的福音书指的是《新约全书》。

3 见《新约全书·马太福音》第5章，第1～11节。

法："福音书里有许多地方讲到怜悯，可怜悯这东西是有害的。我就是这样想的。怜悯需要在一些无用甚至有害的人身上花掉巨额的费用。要办养老院，修建监狱，设立疯人院。应该帮助那些健康的、身强力壮的人，使他们不至于白白地浪费精力。可是我们却在帮助弱者，难道你能将弱者变成为强者吗？这种想法，只能使强者变弱，而弱者——骑在强者的脖子上。这才是我们应该好好研究的课题！有许多东西需要重新思考。应该明白，生活距离福音书早已经很远了，生活有自己的轨迹。这不，看见了吧，为什么普列特尼奥夫完了？因为怜悯。我们怜悯穷人，可大学生们却一个个在完蛋。这里哪有什么道理可讲，啊？"

我第一次通过这样尖锐的方式听到了这些想法，虽然以前也曾经接触过。这些想法，比通常想象的要更具有生命力，流传得也更为广泛。七年后，当我读尼采的著作时，我非常清楚地想起了这位喀山警察的人生哲学。顺便说一句，在书中我很少遇到以前我在生活中未曾听到过的思想。

而这个"抓捕人"[1]的老头儿一直在往下说，而且随着说话的节奏，他的手指在托盘边上不断地打着拍子。他那干瘪的面孔一脸严肃，皱巴巴的，但是他没有看我，而是在观看擦得像铜镜般油光锃亮的茶炊。

"你该走啦，"妻子第二次提醒他说，但是他不理不睬，仍然一个劲儿地按照自己的思路接着往下讲，这时候，突然，他话锋一转，不知不觉已经跳到另一个话题上了。

"小伙子，你人并不傻，而且有文化，难道你就心甘情愿当

1 见《新约全书·马太福音》第4章，第18～20节。

个面包师吗？只要你换个工作，为沙皇帝国效劳，你挣的钱决不会少……”

我听着他的话，心里想，怎么去通知雷布诺里亚德街上那些我素不相识的人，告诉他们尼基弗雷奇正在监视他们呢？那里住着一个不久前才从亚卢托罗夫斯克[1]流放回来的人，叫谢尔盖·索莫夫[2]，我听过关于他的许多有意思的事情。

“聪明的人应该过群居生活，就像蜂房里的蜜蜂或蜂窝里的胡蜂一样。沙皇帝国……”

“瞧，都已经晚上九点钟了。”她妻子说。

“真是见鬼！”

尼基弗雷奇一面站起身来，一面扣着制服的扣子。

“哦，不碍事，我坐马车去。回头见，老弟！有空来玩儿，不必客气……”

离开岗亭，我坚决对自己说，以后永远也不再到尼基弗雷奇那里“做客”了，那个老警察太让我讨厌了，尽管他人还是蛮有意思的。他关于怜悯有害的那番话，使我很有些感慨，并且牢牢记在了心中。我觉得他的话有一定道理，但可悲的是，它们出自一个警察之口。

关于这个话题的争论，时常发生，其中有一次给我的印象特别深刻，令我激动不已。

城里来了一个“托尔斯泰主义者”[3]——这个人我是头一次

1 沙皇俄国流放政治犯的一个古镇，现为秋明州一个城市，位于托博尔河畔，有一座十二月党人纪念馆。

2 生于1842年，积极参加革命运动，和民粹派很接近。

3 指И.М.克洛普斯基（1852—1898），19世纪八九十年代托尔斯泰主义宣传者之一，1892年曾经被捕，后来移民去了美国。

见到——高高的个子，体格很健壮，面孔有点黑，留一撮黑山羊胡，长有两片黑人的厚嘴唇。他身子向前倾，两眼望着地面，但有时候蓦然仰起他那有点谢顶的脑袋，两只水灵灵的黑眼睛，显得炯炯有神，光芒照人——他锐利的目光中好像有某种仇恨的东西在燃烧。谈话是在一位教授家里进行的，有许多青年人参加，其中有一位神学硕士，瘦高个儿，举止文雅，是位小神父，穿一身黑色的丝质长袍，这袍子很好地衬托出他那苍白漂亮的脸庞，而他那双冷漠的灰色眼睛露出的淡淡微笑，又给他那张脸平增了几分光彩。

关于福音书的永恒的、不可动摇的伟大真理，这位托尔斯泰主义者是大讲特讲，嗓子都讲哑了，他的话简短扼要，但言语犀利，信誓旦旦，富于感染力；他说话时总是机械地挥动着毛茸茸的左手，那架势就好像要把他的话截断似的，而右手则一直插在口袋里。

“演员。”我旁边一个角落里有人小声说。

“太像演戏了……”

而在这之前不久，我读了一本书，好像是德雷波尔[1]写的，内容是关于天主教反对科学的。我好像记得，书里说，有一名狂热的信徒，为了用爱的力量去拯救世界，他们出于对世人的仁慈，准备将他们杀死，然后焚尸灭迹。

他穿一件白衬衫，袖子很宽，外面罩一件灰色的旧长衫，这也使他很有些与众不同。宣讲结束时，他高声喊道：

1　约翰·威廉·德雷波尔（1811—1882），美国哲学家及史学家，著有《天主教与科学的关系史》。

"这么说，你们是信耶稣呢，还是信达尔文[1]？"

他提出的这个问题，像一块石头，投向聚集了许多青年人的那个角落，那些青年男女们怀着惊恐和兴奋的心情，瞪大眼睛看着他。看来，他的话使大家感到非常吃惊，人们默默无言，若有所思地低着脑袋。他用火辣辣的目光扫了大家一眼，严厉地补充说：

"只有法利赛人[2]才会试图将这两种无法调和的精神结合起来，而且在结合的时候，会恬不知耻地用花言巧语，自欺欺人，用谎言蒙骗大家……"

小神父站起身来，一本正经地挽起长衫的袖子，带着故意装出来的彬彬有礼的神态和宽宏大量的微笑，从容不迫地说：

"你们显然是赞成有关法利赛人的庸俗的观点，但这种观点不仅是粗暴的，而且彻头彻尾是错误的……"

令我大为惊讶的是，他开始证明说，法利赛人是犹太人遗训的真正忠实维护者，并认为人民始终和他们站在一起，共同对敌。

"你们去读一读，比如说，优素福·弗拉维[3]的书吧……"

这位托尔斯泰主义者一跃而起，挥动手臂，好像要把优素

1　查理·罗伯特·达尔文（1809—1882），英国博物学家，达尔文主义创始人。著有《物种起源》（1859）等书，揭示了生物界进化的基本因素，提出了人起源于类人猿的假说。

2　法利赛人属犹太教的一个教派，盛行于公元前2世纪至公元2世纪，他们大都出身于城市的富人阶层，主张遵守口传律法，至今这种观点仍是犹太教神学思想的核心。法利赛派承袭哈西德派的传统，对一言一行都有明确的准则。因此，如《新约全书》所载，人们指责法利赛人拘泥于律法的条文而忽视其精神。法利赛人笃信教义，仇视异教，深得百姓拥护。他们鼓吹灵魂不死，肉体复活，犯罪受罚，与基督教教义颇为一致，但却有悖于犹太教该教派的教义，不过其神学思想对后犹太教颇有影响。福音书中耶稣把法利赛人称为伪君子。

3．优素福·弗拉维（公元37年—100年后），古代犹太历史学家。反抗罗马的犹太战争期间背叛了起义者，投降了罗马人。著有持亲罗马立场的《犹太战争》、为犹太人辩护的《犹太古代史》和为自己变节辩解的《一生经历》等。

福·弗拉维的书一劈两半似的，大声叫道：

“人民直到今天，还在跟自己的敌人站在一起，反对自己的朋友；他们不是在按照自己的意愿行事，他们是被迫的，是受人驱使的。我干吗要读您的弗拉维的书呢？”

小神父等人把争论的主题扯得非常分散，弄得七零八落，结果也就完全淹没了争论的主题。

“真理就是爱。”托尔斯泰主义者大声喊道，而他眼睛里流露出的却是憎恨与蔑视。

听着他的话，我感到如醉如痴，我捉摸不透这些话的意思，脚下的土地，一直在语言的旋风中摇晃，我常常绝望地在想，世界上恐怕再也没有比我更蠢笨和更没有能耐的人了。

而托尔斯泰主义者一面从涨得通红的脸上擦去汗水，一面狂怒地大叫：

“为了不再撒谎骗人，快把福音书扔掉吧，忘了它吧！把耶稣再一次钉到十字架上，这样才比较公正！”

现在我面临一个巨大的问题：怎么办？如果说，生活就是为了人世间的幸福而不断进行斗争的话，那么，仁慈和关爱不是只能给这一斗争的胜利设置障碍了吗？

我打听出了这位托尔斯泰主义者的姓氏——克洛普斯基，知道他住在什么地方，于是，第二天晚上我去找了他。他住在两个未出嫁的女地主家里，我去时他正和她们坐在花园里的一张桌子旁边，在一棵高大的老椴树的树荫下。他穿一条白裤子，一件同样颜色的衬衫，衣领敞开着，袒露着黑乎乎、毛茸茸的胸口；他个子高高的，人又瘦又干瘪，和我印象中的云游僧或传播真理的教士非常相像。

他用银羹匙从汤盘中舀了些牛奶拌马林果酱，津津有味地品尝着，咂巴着厚厚的嘴唇，他每咂巴一下，白色的牛奶泡沫便从他那稀稀拉拉的猫胡子上被吹落下来。一位姑娘在桌旁侍候他，另一位则站在椴树旁，双手交叉在胸前，望着灰蒙蒙的炎热的天空，凝神静思，浮想联翩。两人都穿着薄薄的淡紫色的连衣裙，看上去样子几乎一模一样。

他跟我谈话时态度和蔼，十分亲切，非常乐意跟我谈论爱的创造性力量，说应该拓展自己内心里的这种感情，因为它是唯一能够“将人和世界精神”联系起来的感情，即与生活中到处洋溢着的爱息息相通的感情。

“只有这种感情才能够约束人！不懂得爱便不可能理解生活。那些声称‘生活的规律就是斗争’的人，他们在心灵上都是盲人，是注定要灭亡的。火是不能够用火来消灭的，同样，邪恶也不能够用邪恶力量来克服！”

当两个姑娘勾肩搭背地向花园深处房子那里走去时，这个人望着她们的背影，眯缝起眼睛，问我道：“你是什么人？”

听了我的回答后，他用手指头敲着桌子说：“人啊，不管在哪儿，都还是人，他要追求的不应该是改变生活中的地位，而是培养自己对人们的博爱精神。”

“越是地位低下的人，他距离生活的真正实际便越近，距生活的真谛也越近……”

我对于他是否能够了解这种“真谛”心存疑虑，但是我一声不吭，没有说出来，我觉得他和我在一块儿会感到乏味的。他用一种令人讨厌的目光看我一眼，打了个哈欠，双手搂住后脖颈，两条腿向前伸着，半闭着眼睛，显得有些倦意，嘴里像说梦话似的嘟哝着说：“听命于仁爱的摆布……生活的规律……”

他忽然打了个激灵，两手一挥，好像在空中抓住了个什么，眼睛直勾勾地盯住我，惊恐不安地说：“怎么啦？我累了，对不起！”

他又闭上了眼睛，好像是因为疼痛，龇牙咧嘴地紧紧咬着牙关；他的下嘴唇向下耷拉着，上嘴唇往上翻着，几根颜色发青的稀稀拉拉的胡髭向上撅着。

我走的时候对他没有一点好感，对他这个人的诚意也感到有些怀疑。

几天后，一大早我去给一位我认识的副教授送面包。他是个单身汉，嗜酒如命，在他那里，我又一次看到了克洛普斯基。他好像一夜没有睡觉，脸色很难看，眼睛发红，还有点浮肿。我觉得，他好像是喝醉了。这位身体有点发福的副教授，醉眼惺忪地坐在地板上，手里拿着一把吉他，只穿一条内裤，周围全是家具什物、啤酒瓶子、脱下的外衣，一片狼藉；他摇晃着身子，嘴里大声吼叫着：“仁——慈……”

克洛普斯基气呼呼地厉声喊道：

“根本不存在仁慈！我们不是为爱而丧生，就是在为爱的斗争中被击毙——反正都一样，我们注定要一命呜呼……”

他抓住我的肩膀，把我拉到屋里，对副教授说：

“喏，你问问他到底想要什么？问问他需不需要对人的博爱？”

那人用泪汪汪的眼睛看了我一眼，然后笑了：

“他是卖面包的呀！我还欠着他钱呢。”

他身子摇晃了一下，一只手伸进口袋里，掏出钥匙，递给我说：“拿去，全在这里了！”

但托尔斯泰主义者接过他手里的钥匙，朝我挥了挥手。

“你走吧！回头再给你钱。”

于是，他把我给他的小白面包扔到了屋角的沙发上。

他没有认出我来，这让我感到很高兴。我走的时候心里一直记住他关于因爱而死的那番话和我心里对他的厌恶感。

不久，有人跟我说，他向他房东家的一个姑娘表白了爱情，而且就在同一天，他又向另外一个姑娘也表达了爱情。姊妹俩皆欣喜若狂，后来两个人一说通，她们恨死了这个恋人，于是吩咐看院子的人告诉那个爱情骗子，让他马上滚出她们的院子。后来他便从这个城市里消失了。

爱情和仁慈在人们生活中的意义的问题，是个非常复杂而棘手的问题，它早就摆在了我的面前，最初，是以捉摸不定的形式出现的，但是我内心里强烈地感受到了二者之间存在着矛盾。后来才以非常明确的方式，清楚明白地把这个问题提了出来：“爱的作用是什么呢？”

第三章

我所读过的所有的东西，都充满着基督教的思想、人道主义的思想和要悲天悯人的呼吁，关于这一切，当时我所知道的一些优秀人物，早已经讲得天花乱坠、口干舌燥了。

我亲眼目睹的种种情况，跟仁慈与对人们的关爱几乎毫无共同之处。展现在我面前的生活，像一条无尽的锁链，上面的仇恨、残忍比比皆是；又像一场为了区区小事而打不完的肮脏的斗争。我个人所需要的只有书籍，其他一切在我的心目中都没有意义。

只要走出家门，在门口待上一会儿，你就会明白：所有这些马车夫、看门人、工人、官员、商人——他们与我和我所喜欢的人，生活得全然不同，想法愿望各异，志趣道路也不同；那些我所敬仰和信赖的人——他们都异常的孤僻，与人合不来，在大多数人中间，在蚂蚁般辛勤构筑自己生活巢穴的苟且生涯中，显得非常多余。这种生活在我看来绝对是愚蠢的，极其乏味的。而且，我常常发现人们只是在口头上讲仁慈，谈博爱，实际上却在不知不觉中完全听命于生活的总的秩序。

当时，我感到非常之难。

兽医拉夫罗夫由于浮肿，人变得又黄又胖。有一次，他气喘吁吁地跟我说："必须加大残忍的力度，一直加大到人人都感到精疲力竭，劳顿不堪，十分厌倦，就跟讨厌这该死的秋天一样！"

秋天来得很早，老是下雨，天气寒冷，生病和自杀的人很多。拉夫罗夫不愿眼看着浮肿病把自己折磨致死，所以也服氰化钾自杀了。

"他本来是给牲口治病的，结果却像牲口一样一命呜呼了！"拉夫罗夫的房东——裁缝梅德尼科夫——在给兽医送葬的时候说，这位房东人长得又瘦又小，笃信宗教，他能把颂扬圣母的赞美诗背得滚瓜烂熟。他经常打自己的孩子——七岁的女儿和上中学的十一岁的儿子，用三股皮条拧成的鞭子打，而他打老婆时用的是细竹条，专打她的小腿肚，还常常抱怨说：

"民事法官指责我，说我好像是从亚洲人那里学来的这一套，然而我这辈子从来都没见过亚洲人，只是在招贴画上和图片上看见过。"

他的一名工人——一个罗圈腿，整天无精打采，外号叫"冬妮娅老公"——谈到自己的老板时说：

"我很害怕这种笃信宗教、性格温和的人！脾气暴躁的人一眼就能够看出来，总能想办法躲开他，可是性格温和的人看不出来，他像草丛中阴险狡诈的毒蛇，悄悄地向你爬过来，冷不丁地突然在你袒露的胸口上咬上一口。我害怕性格温和的人……"

"冬妮娅老公"就是个性格温和的人，他生性狡猾，爱在背后说人坏话，很受梅德尼科夫赏识。他的这番话不无道理。

有时候我倒是觉得，性格温和的人很像是地上长的苔藓，它能够疏松地表，软化生活中铁石心肠的人，使其变得较为温和、于人有益一些，但更为经常的是，我看到很多性格温和的人——他们很善于看风使舵，跟一些卑鄙下流的人同流合污，朝三暮四，变化无常，像蚊子似的围着你嗡嗡乱叫——我感到自己像是一匹被绳索缠着了腿的马，陷入了牛虻的重重包围之中。

我从老岗警那里出来的时候，心里就是这样想的。

风呼呼地直吹，像大喘气似的，路灯在大风中摇曳不定，仿佛暗灰色的天空也在随风摇动，向大地上洒下尘埃般细润的十月秋雨。一名全身被打湿了的妓女，拖着一个醉汉，往街的上坡走去；她挽着他一只胳膊，一直往上推他，嘴里嘟嘟哝哝，还不时地小声抽泣。这女人疲惫不堪地低声说：

“你这是命该如此……”

“这不，”我想，“我不是也在被人拖着走吗？一直在把我往令人作呕的角落里推，把我领到一些龌龊不堪、让人伤心的地方，见一些莫名其妙、花里胡哨的人。这一切我看都看腻味了。”

也许我在思考的时候用的不是这些言语，但我脑子里闪现出来的却正是这样的想法，也正是在这个可悲的晚上，我第一次感受到了内心的疲惫和情绪的沮丧。从这一时刻起，我感到自己的心情越来越坏，我开始以旁观者的角度来审视自己，用冷静的、别人的和敌对的目光来审视自己。

我发现，几乎每个人的身上都错综复杂地存在着许多矛盾，这些矛盾，不仅言行方面有，感情方面也有，他们这种一意孤行的游戏使我感到特别难受。这种游戏，我在自己身上也有所发现，这就更加糟糕了。方方面面都在吸引着我——女人、书、工人、快乐的大学生等，但是哪个方面我都不成功，成天“东跑西颠”，转来转去，像一只陀螺，被一只无形但强有力的手，用看不见的鞭子，一个劲儿地在抽打我。

听说雅科夫·沙波什尼科夫躺进了医院，我便去看他，但那里有一个嘴歪眼斜的胖女人——戴一副眼镜和一顶白色的护士帽，帽子下面垂着两个仿佛煮熟了的通红的耳朵——冷冰冰地说：“死了。”

当时，她看我还不走，一声不吭地站在她面前，便忽然发起火了，吼叫道：

“怎么？你还想干什么？”

这时我也火了，对她说：

“您是个浑蛋。”

“尼古拉，快把他赶走！”

尼古拉正在用抹布擦洗一些铜条，他清了清嗓子，用一根铜条在我背上抽了一下。这时我一把将他抱住，顺势拖到街上，把他按在医院门口的一个水坑里。他对此倒有些处变不惊，一声不响地在水坑里坐了一会儿，瞪大眼睛看着我，然后站起身来，说：“你呀，这个狗东西！”

我去了杰尔查文[1]公园，坐在诗人纪念碑旁边的长凳上。我有一股强烈的愿望，想寻衅滋事，无事生非，这样就会有许多人来干涉我，我也就有理由把他们痛打一顿了。但是，虽说是节日，公园里却空空荡荡，周围没什么人，只有秋风在驱赶着干枯的树

1　加·杰尔查文（1743—1816），俄国诗人，俄国古典主义文学代表。他的庄严的颂诗，充满了强国的思想，嘲讽达官贵人，写景状物，抒发诗人的情思，对俄国诗歌有很大影响。他出生在喀山省，1754—1762年生活在喀山，他的纪念碑就竖立在喀山大学的校园内。

叶，路灯柱子上的广告与海报，被吹得沙沙作响。

暮色降临，公园上空清澈湛蓝的傍晚景色，有些寒气袭人。一座巨大的青铜雕像，伫立在我的面前，我望着它，心里想：世上有过一个叫雅科夫的人，他孤身一人，生前曾全身心地反对过上帝，最后像普通人一样地死去了。一切都是那么普通。这事想来让人感到有些沉重，太冤了。

“然而，尼古拉是个白痴，他应该跟我打斗一番，或者叫警察来，把我送进分局……”

我去找鲁布佐夫，他正坐在他那间斗室里的桌子旁边，面对一盏小灯，在缝补上衣。

“雅科夫死了。”

老人抬起拿针线的那只手，看来是想画个十字，但是他只是挥了一下手，线头被什么东西挂住了，他随口低声骂了一句。

然后，他嘴里嘟哝道：“其实我们大家都会死的，我们就是有这么个愚蠢的习惯，没错，老弟！这不，他已经死了，可这里还有一个铜匠，孤身一人，他也跑不了，肯定要被清除掉。上个星期天，宪兵把他抓走了。是古里介绍我认识他的。一个头脑非常聪明的铜匠！他跟大学生们有些往来。你听说大学生们要暴动的事了吗？是真的吗？来，你帮我缝一下这件上衣，我什么都看不清……”

他递给我一些破布和针线，自己两手往背后一抄，在屋子里踱起步来，一边咳嗽，一边唠叨地说：

“一会儿是这里，一会儿是那里，不断地迸发出火花，可是魔鬼很快就把它熄灭了，于是，又是一片沉寂！这座城市真是倒霉。趁轮船还在开通，我一定要离开这里。

他停下来，搔着脑袋，问道："可是到哪儿去呢？哪儿都去过了。是的，到处都去过了。没有地方我没有去过。"

他吐了口唾沫，补充说："唉，这就是生活，他妈的！活来活去，也没活出个人样来，灵魂、肉体，一无所获……"

他顿了一下，站在门边的屋角，好像在倾听什么，然后，毅然决然地向我走过来，一屁股坐在桌子边上。

"跟你说吧，列克谢，我的好马克西梅奇，雅科夫把自己的心思全都花在上帝身上算是白费了。无论是上帝，还是沙皇，他们决不会因为我不承认他们，因此就会变得更好一些，人们自己应该怪自己，应该抛弃自己非人的生活，这样做就对了！唉，我老了，赶不上趟了，很快我就什么都看不见了。可悲呀，老弟！缝好了吗？谢谢……咱们去小酒店里喝杯茶……"

去小酒店的路上，我们在黑暗中深一脚浅一脚地往前走着，他紧紧抓住我的肩膀，嘴里嘟囔着说：

"记住我的话，人们不会永远忍耐下去的，到时候，他们会勃然变色，暴跳如雷的，他们会摧毁一切，把自己的盆盆罐罐打得稀巴烂！他们的忍耐是有限的……"

小酒店没有去成，因为我们恰巧遇上众多水手正在围攻一座妓院——阿拉富佐夫工厂的工人们在守卫着妓院的大门。

"每逢节假日这里就会聚众斗殴！"鲁布佐夫一面摘下眼镜，一面很赞赏地说。这时，他发现守卫妓院大门的人中有自己的同事，便立即冲上去，投入了战斗，并且煽风点火地指点大伙说：

"工厂一定要坚持住！打死这帮癞蛤蟆！把这群臭鱼烂虾打他个晕头转向！嗨，大家冲啊！"

这事看起来既可笑，又令人纳闷：这位聪明的老人行动起来是那么投入和麻利，他冲进一群水手中，挡开他们的拳头，用自己的肩膀撞击他们，把他们一个个撞得人仰马翻。他们这样打斗并无恶意，还觉得挺高兴的；他们的身体强壮剽悍，精力过剩。黑压压的一群人拥在大门口，把工人们逼得身子紧靠着妓院的大门；大门被挤得咯吱咯吱响，人群里发出好斗的喊叫声：

“打那个领头的秃脑袋！”

这时，有两个人爬上妓院的屋顶，欢快地、有板有眼地唱道：

我们不是小偷，不是骗子，也不是绿林强盗，
我们是船上的小伙子，是一群专门打鱼的人！

警笛响了起来。在黑暗中，警察身上的铜纽扣，闪闪发光，脚下的泥巴，被踩得扑哧扑哧直响，而这时屋顶上又传来了歌声：

我们向岸上广为撒网，
专网那些巨商富豪、货栈粮仓……

“住手！倒下的人就不要再打了……”

“老爷子，要坚持住啊！”

后来，鲁布佐夫和我，还有四五个人，不分青红皂白，一律被带往警察分局。深秋寂静的夜晚，一片漆黑，欢快的歌声一直在为我们送行：

哎哟哟，
我们抓到了狗鱼四十条，

用来做皮大衣刚刚好！[1]

“伏尔加河畔的老百姓是多么好啊！”鲁布佐夫赞叹地说。他不住地擤鼻涕，吐唾沫，还悄悄地对我说：

“你逃跑吧！瞅准机会，一跑了之！何必要往局子里钻呢？”

于是，我，还有一个跟在我身后的高个子水手，我们撒腿便跑，钻进一条胡同，翻过一道围墙，又翻过一道围墙，而且打从这天夜里起，我就再也没有看见过既可爱又聪明的尼基塔·鲁布佐夫了。

我的周围变得空荡荡。大学生们开始闹起了学潮，什么用意我不明白，原因也不清楚。只看见人来人往，非常热闹，感觉不到这里会有什么悲剧发生，因此，我想，为了有幸能到大学里学习，即使被严刑拷打一顿也在所不惜。如果有人建议我说：“去大学里学习吧，不过，这样每逢星期日，在尼古拉广场，我们都会用棍棒揍你一顿的！”我想，我大概会接受这个条件的。

走进谢苗诺夫的面包作坊，我听说，面包工人们正准备到大学里去殴打学生们呢。

“咱们用秤砣狠狠地砸他们！”工人们恶狠狠地打哈哈说。

我开始跟他们争辩，责骂他们，但是突然，我几乎吃惊地发现，我既没有意愿，也没有言辞来为大学生们辩解。

记得我离开地下室的时候，好像是被人打得五劳七伤似的，心里苦恼极了，简直没法形容。

夜里，我坐在卡斑河岸，往黑乎乎的河水里扔石头，心里就

1 《梁上君子歌》，参见索鲍列夫斯基出版的《大俄罗斯民歌》第6卷，圣彼得堡，1900年，第354~356页。

想着一句话，而且想过来，想过去，没完没了：

“我该怎么办呢？”

由于心里苦闷，我开始学习拉小提琴，每天夜里都在店里拉，吵得更夫和老鼠都不得安宁。我喜爱音乐，于是便以极大的热情投入了学习，但是，我的老师——剧院乐团的一位小提琴手——上课时趁我出去一会儿的工夫，打开了我没有上锁的钱匣子，等我回到课堂上时恰好看见他正在把里面的钱往自己的口袋里装。他见我就站在门口，于是，把脖子往前一伸，将自己那张刮得很干净的木呆呆的脸凑了过来，低声说：

“喏，你打吧！”

他的嘴唇瑟瑟发抖，两眼无光，浑浊的泪水夺眶而出，奇怪的是，泪珠子特别大。

我真想把这位小提琴手暴打一顿，为了不这样做，我坐在地板上，把紧握拳头的两只手压在身下，同时命令他把钱放回到我的钱匣子里去。他把装进兜里的钱掏出来后，向门口走去，但中间他突然又站住了，用高得出奇的、吓人的声音说：

“请给我十个卢布！”

钱，我是给他了，但学拉小提琴的事也就吹了。

十二月份，我决定结束自己的生命[1]。事情的原因，我试图在短篇小说《马卡尔生平一事》[2]中加以描述。但这件事我没有做好，小说写得很糟糕，看了令人很不愉快，缺乏内在的真实。我觉得小说的长处恰恰就在于它完全没有这种真实。事情是真实

1　1887年12月12日，高尔基在喀山河岸边费奥多罗夫山岗上开枪自杀，后被人救起，送进了医院。

2　短篇小说《马卡尔生平一事》发表于1912年。

的，但对事情的描述好像不是我做的，因而小说里讲的并不是我。如果不谈这篇小说的文学价值，对我来说，它有某种令人欣慰的东西，那就是我好像已经超越了我自己。

我从市场上买了一把鼓手用的左轮手枪，装了四发子弹，自己朝自己的胸部开了枪，心想它能够击中心脏，但谁知它只是伤及了肺部，因此，一个月后，我感到非常尴尬，觉得自己真是愚蠢透顶，重新又回到面包店里工作[1]。

然而，时间不长，三月底的一天晚上，我从面包作坊来到店里，看见霍霍尔在女售货员的房间里。他坐在窗边的椅子上，若有所思地抽着一支粗大的烟卷，聚精会神地看着自己吐出的烟雾。

"您有时间吗？"他问道，也不跟我打个招呼。

"有二十分钟。"

"坐下来，咱们谈谈。"

跟往常一样，他身上穿一件"鬼晓得是什么皮"做的紧身卡萨金外套[2]，浅色的大胡子飘落在他宽阔的胸前，倔强的额头上伫立着剪得很短的硬发，脚上是一双农民穿的笨重的靴子，散发出一股浓重的焦油气味。

"您看，"他平心静气地说，声音不高，"您愿不愿意到我那儿去？我住在克拉斯诺维多夫村——在伏尔加河下游，约四十五俄里处，我在那里开了一间铺子[3]，您可以帮助我经营，这花不了您

1 高尔基是1887年12月21日出院的，在医院共住了9天。

2 俄国一种后身打褶的立领男上衣。

3 米·安·罗马斯用民粹派地下活动小组的钱，在喀山省斯维尼亚县克拉斯诺维多夫村开了一间铺子，以便在农民中开展宣传工作。

多少时间，我有很多好书，可以帮助您学习。您同意吗？”

“同意。”

“那请您星期五早上六点钟，到库尔巴托多码头去，打听一下从克拉斯诺维多夫村来的一艘平底小木船在哪儿，船老板叫瓦西里·潘科夫。对了，到时候我就在那里，会看到您的。回头见！”

他站起身，向我伸出一只大手，另一只手则从怀里掏出一块沉甸甸的银壳怀表，并且说：

“我们用六分钟时间就谈妥了！对了，我的名字叫米哈伊洛·安东诺夫，姓罗马斯。就这样吧。”

他头也不回，扬长而去，坚定地迈开双脚，轻松地挪动着他那五大三粗、笨重结实的身躯。

两天后，我搭船去了克拉斯诺维多夫村。

伏尔加河刚刚解冻，一块块易碎的灰色浮冰，顺着浑浊的水面，摇摇晃晃，漂流而下，一艘平底小木船穿梭其中，与浮冰擦肩而过，一旦浮冰碰上船体，便被撞得四散开来，变成棱角分明的结晶体，同时发出咔嚓咔嚓的响声。从上游刮过来的河风，不断地将波浪推向岸边；太阳发出耀眼的光芒，照在像蓝色玻璃似的冰块上，反射出一束束明亮的光。小木船满载着木桶、麻袋和箱子，吃力地扬帆前进，掌舵的是一个叫潘科夫的年轻农民，他的衣着很是考究，上身穿一件羊皮短外套，胸口用彩线绣了许多花纹。

他脸部的表情很沉稳，眼神冷冷的，寡言少语，不太像个农民。潘科夫雇的船工库库什金，站在船头上，叉开双腿，两手握着船篙。他也是个农民，但是蓬头垢面，穿一件破旧的粗呢上衣，腰里扎一根绳子，头戴一顶皱里吧唧的神父帽，脸上青一块紫一块的。他用长篙拨开浮冰，不以为然地骂道：

“一边待着去……往哪儿钻……”

我和罗马斯肩并肩地坐在船帆下面的木箱子上，他小声对我说：

“农民们不喜欢我，特别是有钱的农民！您也会尝到这不友好的滋味的。”

库库什金将船篙横放在船头，搁在自己脚边，把他那张伤痕累累的脸转向我们，赞叹地说：

“特别是你，安东内奇[1]，神父不会喜欢……”

“这倒是真的。”潘科夫证实道。

“对于他这个麻脸狗杂种来说，你无异于眼中钉、肉中刺！”

“不过我也有自己的朋友，您也会有的。”我听见霍霍尔的声音。

天气很冷。三月的阳光，乍暖还寒。河岸上，树叶掉光了的黑压压的枝头，在不住地摇晃，一堆堆天鹅绒般的积雪，还残留在岩石的夹缝和岸边的灌木丛里。河面上到处都是浮冰，像一群正在放牧的绵羊。我感到自己像是在做梦。

库库什金一面往烟斗里装烟丝，一面大发议论：

“打比方说，你并不是神父的老婆，可是，按照他的身份，他必须得像书里写的那样，关爱各种各样的生灵。”

“是谁把你打成这个样子了？”罗马斯笑着问道。

“是这么回事，是一些不明身份的人，大概是几个流氓恶棍。”库库什金很不以为然地说。然后，他很自豪地说：“没错，

1 安东诺维奇的俗称。

有好几个炮兵打我一个人，这事儿千真万确！我简直弄不明白我是怎么活过来的。”

“他们因为什么打你？”潘科夫问道。

“你是问昨天？还是那些炮兵们？”

“喏，昨天为什么要打你？”

“唉，难道说得清楚他们为什么要打我吗？我们这儿的人，就跟山羊一样，动不动就顶起来！他们认为打架是自己的天职！”

“我想，”罗马斯说，“是因为你这张嘴才打你的吧，你说话太不谨慎了……”

“兴许是这样！我这个人生性好奇，总喜欢问东问西。对于我来说，打听新鲜事是我的一大乐趣。”

小木船的船头重重地撞在了浮冰上，船舷发出一声巨响，库库什金身子一晃，赶紧抓起船篙，潘科夫有点责备地说：

“你要瞧着点船呀，斯捷潘！”

“你就别老跟我说话啦！”库库什金将浮冰撑开，嘴里边嘟囔着说，“我总不能一方面恪尽职守，一方面陪你说话呀……”

他们争论着，双方都无恶意，而罗马斯则对我说：

“这里的土地比我们乌克兰的要差，可是人却比较好，非常能干！”

我仔细地听他讲，也相信他说的话。我喜欢他那种从容不迫的态度和舒缓平和的谈话，简单明了，掷地有声。看得出，这个人深明事理，待人接物也很有分寸。我特别高兴的是，他从不问我为什么要自杀？要是换成别人，处在他的位置上，早就会问了，而我特别讨厌别人问我这个问题。因为很难回答。鬼知道我为什么要自杀，如果霍霍尔问我，我的回答可能会很长，而且很愚蠢。总之，我压根儿不想提这档子事儿，伏尔加河上是多么好啊，自由、舒畅！

小木船沿右岸航行，左边是宽阔的河面，河水一直延伸到长满水草的沙土岸边。眼瞅见水涨水落，浪花飞溅，冲击着沿岸的灌木丛；春汛已至，晶莹清澈的涓涓细流正从地下的沟壑与缝隙里潺潺流出，融入河道。太阳露出了笑脸，黄嘴鸦乌黑贼亮的羽毛，在太阳的照射下闪闪发光，它们嘎嘎地叫个不停，正在忙着筑巢。鲜嫩的草丛，迎着阳光，从地表下破土而出，含青吐绿，令人感动。我身上感到阵阵寒意，可是我心里却怀着一种暗暗的喜悦，萌生出了美好希望的稚嫩幼芽。大地的春天真是令人感到非常舒服。

中午时分，我们的船到了克拉斯诺维多夫村。在一座高高的、陡峭的山岗上，有一座蓝色圆顶的教堂，从那里沿山坡往下去，是一间间结实漂亮的小木屋、黄色的木头屋顶和绸缎似的小草房，它们在阳光的照耀下闪闪发亮，看上去既简朴又漂亮。

每当我乘船从这里经过时，总不免要好好欣赏一下这个村子的自然风光。

我和库库什金开始从小木船上往下卸东西时，罗马斯一面从船舷上将麻袋递给我，一面对我说：

“没想到你还挺有力气的！”

然后，他也不看我，问道：

“胸口不疼吗？”

“一点都不疼。”

我对他这样委婉的问话很是感动，我特别不愿意让农民们知道我曾经想自杀的事。

“可以说，你是有把子力气的，比你应该有的力气还要大，”库库什金随口说，“小伙子，你是哪个省的？下诺夫戈罗德的吗？有人说你们是靠水吃水。可是还有一个说法：‘要随时注意海鸥是从哪儿飞来的。’[1]这句话也是说你们的。”

一个农民，从山坡上，踏着松软的泥土走了下来；他高高的个子，削瘦的身材，一头浓密的褐发，留着卷曲的大胡子，下面打着赤脚，只穿一件衬衣和一条衬裤，在银光闪闪的小溪间，摇摇晃晃、跌跌撞撞，信马由缰地一路走来。

他走到岸边，声音洪亮而亲切地说道：

“欢迎你们到来。”

他环顾四周，捡起两根粗木头，把它们搭到船舷上，然后轻轻一跳，便跳上了木船，接着便指挥了起来：

“用脚踩紧木头的那一端，别让它们从船舷上滑下来，然后，接好木桶。小伙子，过来搭把手。”

他人长得很帅，像画出来似的，看上去也很强壮有力。红润的脸上长着一只端正方直的大鼻子，两只浅蓝色的眼睛，炯炯有神。

“你这样会感冒的，伊佐特。”罗马斯说。

“我吗？别担心。”

大伙推着煤油桶，把它滚到了岸上。伊佐特用眼睛打量我一下，问道：

“是店里的伙计吗？”

“跟他较量一下。”库库什金建议说。

“你的脸怎么又被打伤了？”

“对他们有什么办法呢？”

1 指伏尔加河沿岸的人们往往根据海鸥的飞行方向来判断天气的变化。

“是谁打的？”

“就那些人打的呗……”

“哎，我说你呀！”伊佐特说着，叹了口气，然后转身对罗马斯说：“大车一会儿就过来。我打老远就看见你们了，看见你们的船在航行，走得很平稳。安东内奇[1]，你去吧，这儿有我守着。”

看得出，这个人对罗马斯十分友好，也非常关心，甚至处处在呵护着他，虽说罗马斯比他年长差不多十岁。

过了半个小时，我已经坐在一座新木屋里一间干净而舒适的房间里了，房间墙壁上的松香和麻刀的气味还没有散掉。一个动作麻利、目光严厉的女人正在往桌子上端菜，准备吃午饭。霍霍尔从箱子里挑了几本书，把它们放到炉旁的书架上。

“您的房间在阁楼上。”他说。

从阁楼窗口可以看到部分村庄和木屋对面的峡谷，峡谷的灌木丛中露出一个个浴室的屋顶。峡谷的对面是一片果园和黑黝黝的田野；它们连绵不断，一直延伸到黑压压的森林边缘，消失在远方的地平线上。一个穿蓝衣服的农民坐在一个浴室的屋顶上，他一手拿着一把斧子，另一只手手搭凉棚，正在朝下面的伏尔加河极目眺望。大车发出吱呀吱呀的响声，拉车的母牛累得哞哞直叫，溪水在哗哗地流淌。有一个身穿黑衣服的老太婆从小木屋的门里走了出来，但她马上又转过身去，冲着门内，恶狠狠地说：

“你们这些该死的家伙！”

两个小孩非常麻利地用石头和泥巴在拦截小溪的流水，一

1 罗马斯·安东诺维奇的俗称。

听见老太婆在骂他们，便赶快跑开了，而她则从地上捡起一块木片，朝上面吐了口唾沫，扔进小溪里。然后，她用一只穿着男式靴子的脚把孩子们的工程完全毁掉后，向下面的河边一路走去。

我该怎样在这儿生活呢？

有人喊我去吃午饭。伊佐特坐在楼下的桌子旁，腿伸得老长，两只脚红通通的，嘴里正在说什么，但一看见我下来便立马不说了。

“怎么啦，你？”罗马斯沉着脸说，“说呀。”

“其实也没什么，都说完了。就是说，事情就这么定了：我们自己能够对付。你出门时随身要带上手枪，要不带一根大木棍也行。当着巴里诺夫的面可不能口无遮拦，什么话都讲；还有库库什金——他们那嘴，跟长舌妇的一样。小伙子，你喜欢钓鱼吗？”

“不。”

罗马斯说，必须把农民和小果园主们组织起来，让他们摆脱收购商们的控制。伊佐特认真地听他讲完后说：

“这帮吸血鬼绝不会让你的日子好过的。”

“咱们走着瞧吧。”

“肯定是这样！”

我看着伊佐特，心里想：

“大概卡罗宁[1]和兹拉托夫拉茨基[2]的短篇小说就是以这些农民

1　C.卡罗宁（1853—1892），俄国民粹派作家，作品有小说集《巴拉什金诺村人纪事》（1879—1880）以及反映对改革后俄国农村情况和知识分子思想上进行探索的中短篇小说。

2　H.兹拉托夫拉茨基（1845—1911），俄国作家，彼得堡科学院名誉院士（1909），倾向于民粹派。著有中篇小说《农民陪审员》（1874—1875）等，其作品主要描写农民的悲惨生活和俄国农村阶级分化的现实情形。

为原型的……”

难道我真的够干一番大事，今后要和真正干事业的人一块儿工作了吗？

伊佐特吃过午饭后，说：

“你呀，米哈伊洛·安东诺夫，不用着急，好事多磨嘛。要耐着性子，慢慢来！”

他走后，米·罗马斯若有所思地说：

“伊佐特人很聪明，也很正直。可惜没有多少文化，勉强识几个字。不过他学习很努力。这不，在这方面可要帮助帮助他！”

一直到晚上，他都在向我介绍店里各种商品的价格。他说：

“我卖的东西比村里另外两家店主卖的都要便宜，不用说，他们对这一点很不高兴。他们故意跟我找碴儿，想揍我一顿。我之所以待在这里，并不是因为我在生意上很顺心，或者是有钱可赚，而是另有原因，这一点，跟你们面包店的情况差不多……”

我说，这一点我已经猜到了。

“是啊……应该教人们学会明辨是非，通情达理。你说是不是？”

店铺已经关门，我们手里拿着灯，在店里随便走了走；街上也有人在不时地走动，他们小心翼翼地踩着泥巴，脚下发出啪唧啪唧的响声，有时候，又听见他们脚步沉重地走到店铺的台阶上来。

“喏，听见了吗？有人在走动！这是米贡，一个无业游民，一头凶恶的畜生，净喜欢干坏事，就像漂亮的娘儿们喜欢卖弄风骚一样。跟他说话你可要当心点儿，跟其他人也一样……”

然后，他在屋里抽起了烟斗，将宽大的后背靠在炉壁上，眯缝着两眼，从嘴里喷出一团团的烟雾，同时慢慢掂量着词句，把话说得明白一些，他说他早已发现我是在虚度自己的青春年华。

“您是个很能干的人，生性执着，很有主见，而且看得出，您有良好的抱负。您应该学习，是的，只是不要让书蒙住了人们的眼睛。有一个教派的信徒——一位老人——说得非常好：‘任何教育都来自人。’人们的训教是很痛苦的——他们的教育方式很粗暴——但是他们所教的科学知识会记得更牢固。”

他给我讲了些我早已知道的道理，说首先应该唤起村民的思想觉悟。不过，从这些老生常谈中，我还是感受到了对我来说更深一层的新的含义。

“你们那里的大学生们总爱侈谈对人民的爱，而我要对他们说的是：人民是不能够爱的。对人民的爱，只不过是说说而已……”

他嘿嘿一笑，用探寻的目光瞧着我，开始在房间踱着步子，继续铿锵有力、意味深长地说：

“爱，就意味着要赞同，要宽容，要视而不见，要大度包容，略迹原情。对女人就必须这样。可是，对人民的愚昧无知，难道可以视而不见吗？对他们思想上的误入歧途，难道可以默许赞同吗？对他们的种种劣迹和野蛮行为，难道可以原谅与宽容吗？不可以吧？”

“不可以。”

“这不就结了！在你们那儿，大家都在朗读涅克拉索夫[1]的诗，喏，要知道，光靠读涅克拉索夫的诗，可是远远不够的呀！应该对农民们说：‘老兄，你这个人虽然本身不坏，但日子过得却

1 H.涅克拉索夫（1821—1878），俄国诗人，革命民主主义者。著有长诗《严寒，通红的鼻子》《俄罗斯妇女》《铁路》《谁在俄罗斯能过好日子》等，深刻描写了下层民众的生活和妇女的遭遇，表现了人民对幸福的向往与追求。

很糟糕，想过得轻松一些、美好一些吧，可又想不出办法，一筹莫展。连野兽都比你更会照料自己，保护自己。而你们农民当中也产生过各种各样的人物——贵族、神父、学者、沙皇，他们原来也都是农民。瞧见了吗？懂吗？喏，要学会生活，不能让别人老欺侮你……”

他走进厨房，吩咐厨娘把茶炊生起来，然后开始让我看他的书籍——几乎都是些学术性著作，有巴克尔[1]、莱伊尔[2]、哈特波尔·勒启[3]、拉布克[4]、泰罗[5]、穆勒[6]、斯宾塞[7]、达尔文[8]的著作，而俄国学者中则有皮萨烈夫[9]、杜勃罗留波夫[10]、车尔尼雪夫斯基[11]、普

---

1 亨利·托马斯·巴克尔（1821—1862），英国历史学家，实证主义社会学家，社会学地理学派的代表人物。主要著作有《英国文明史》（1857—1861）等。

2 莱伊尔（1797—1875），英国地质学家。

3 哈特波尔·勒启（1838—1903），爱尔兰历史学家，政治评论家。

4 拉布克（1834—1912），英国人种学家，自然科学家。

5 泰罗（1832—1917），英国社会学家，人种学家。

6 詹姆斯·穆勒（1773—1836），英国哲学家、历史学家、经济学家，休谟哲学的追随者，否认天赋人权的理论。

7 赫伯特·斯宾塞（1820—1903），英国哲学家和社会学家，实证主义创始人之一，资产阶级自由主义思想家，伦理学方面功利主义的拥护者，主要著作有《综合哲学纲要》（1862—1896）等。

8 达尔文（1809—1882），英国博物学家，达尔文主义创始人，提出了人类起源于类人猿的假说。

9 皮萨烈夫（1840—1868），俄国政论家和文艺批评家，革命民主主义者，空想社会主义者；主要著作有《劳动史纲要》《现实主义者》《美学之毁灭》等，对俄国作家多有褒扬，但却不当地否定普希金作品的现实意义。

10 杜勃罗留波夫（1836—1861），俄国文艺批评家、政论家、革命民主主义者；反对俄国专制的农奴制度，宣扬农民革命思想，并预言革命的一天终将会到来。主要著作有《什么是奥勃洛莫夫性格》《黑暗的王国》《黑暗王国的一线光明》《真正的白天何时到来》等。

11 车尔尼雪夫斯基（1828—1889），俄国革命民主主义者，学者、作家、文艺批评家，坚持人本主义唯物论的观点，对资本主义有深刻的批判；认为社会主义是由人类发展历史决定的，但却认为俄国可以通过村社的形式过渡到社会主义。主要著作有《怎么办》《序幕》和大量的文艺评论和美学著作。

希金[1]、涅克拉索夫等人的作品和冈察洛夫[2]的旅行随笔《战舰巴拉达号》等。

他用宽大的手掌，抚摸着这些书，爱护备至，像抚摸一群小猫似的，嘴里嘟嘟哝哝，充满了感情：

“多好的书啊！这一本，可是稀世珍品：书报检察机关把它给烧了。想知道国家是什么吗？那就读读这一本吧！”

他递给我一本霍布斯[3]的《列维坦》。

“这本书也是谈论国家的，但读起来更轻松、更有趣一些！”

马基雅弗利[4]的《君主论》是一本非常有趣的书。

喝茶的时候，他简短地介绍了自己的情况。他本是切尔尼戈夫市[5]一个铁匠的儿子，在基辅火车站干过给火车加油的工作；在那里，他认识了一些革命者，组织工人成立一个自学小组，后来被捕，坐了两年牢，之后被流放到雅库特地区，一待就是十年。

“起初，我在那儿跟雅库特人待在一起，住在乌卢斯，我想，这下我算完了。那儿，冬天那个冷呀，真他妈的见鬼，简直

1 普希金（1799—1837），俄国作家，大诗人，俄罗斯近代文学的奠基人。其作品早为我国读者所熟知。

2 冈察洛夫（1812—1891），俄国作家，彼得堡科学院通信院士（1860），现实主义小说大师，主要著作有长篇小说《平凡的故事》《奥勃洛莫夫》《悬崖》、旅行随笔《战舰巴拉达号》等。

3 托马斯·霍布斯（1588—1679），英国哲学家，机械唯物主义第一个完整体系的创造者。他认为几何学和力学是科学思维的理想楷模，认为自然界是不同大小、不同形状、不同状态和位移（运动）的广延物体的总和；他把国家比拟为神话故事中的大怪物列维坦，认为国家是结束战争这一自然状态的民约的结果。

4 马基雅弗利（1469—1527），意大利政治家、思想家和作家，他认为灾难源于政治分裂，只有强有力的国家政权才能够克服这种灾难；为了巩固国家，他认为可以不择手段，因此便产生了“马基雅弗利主义”一说，即指无视道德准则的政策。主要著作有喜剧《曼陀罗花》《君主论》等。

5 乌克兰城市，位于杰斯纳河流域，是当地的港口码头和铁路枢纽。

没法说，人的脑子都冻僵了。哪有可能去想事情。后来我发现，时不时地有俄罗斯人常来这里，人虽不多，可毕竟是有哇！这不，为了不使他们感到寂寞，不断有新的人补充到这里来。他们都是些好人。有一个大学生，叫弗拉基米尔·柯罗连科[1]——他现在也已经回去了。我和他相处得很好，后来就分手了。我们在许多方面都很相像，但是相像并不一定能成为好朋友。他这个人严肃认真，性格执着，能胜任各种各样的工作，甚至会画圣像，这一点我不大喜欢。现在，据说他常在杂志上写东西，写得挺好。”

他讲了很长时间，一直讲到半夜，好像恨不得一下子把我变成和他一样的人。我头一次这样跟别人相处得如此之好。自从打算自杀那件事后，我就非常瞧不起我自己，感到自己非常渺小，觉得对不起别人，无颜再活在世上。罗马斯想必了解我的这种心情，于是，他坦诚地、与人为善地在我面前打开通向自己生活的大门，让我振作了起来。这是一个令人难忘的日子。

星期天，做完午祷，我们的小店一开门，农民们便立刻拥到我们门前的台阶上。站在最前面的就是马特维·巴里诺夫，他邋里邋遢，蓬头垢面，两条胳膊长得像猴子的双臂一样长，两只女人般的漂亮眼睛流露出漫不经心的目光。

“从城里听到什么了吗？”他打过招呼后，问道，不等对方回答，他便又朝迎面走过来的库库什金喊道：

“斯捷潘！你的那些猫又把一只公鸡给吃了！”

---

1 柯罗连科（1853—1921），俄国作家，评论家。1879年因涉嫌与革命者有来往被捕，曾被流放到雅库特。主要作品有小说《马卡尔的梦》《盲音乐家》《我的同时代人的故事》等，作品洋溢着民主主义和人道主义思想。

随后便马上接着说，省长从喀山到彼得堡去觐见沙皇，请求把所有的鞑靼人都迁到高加索和突厥斯坦去。沙皇夸奖省长说：

“你是个聪明人！知道自己的事情该怎么处理……”

“这都是你自己编出来的吧。”罗马斯不慌不忙地说。

“我自己编的？什么时候？”

“不知道……”

“瞧，你怎么这样不相信人呀，安东内奇，”巴里诺夫遗憾地摇摇头，有点责怪地说，“而我，只是同情那些鞑靼人。高加索这个地方是需要慢慢习惯的。”

这时，一个又瘦又小的人，小心翼翼地走了过来，他穿一件别人的破旧外套，不时地抽搐，使他那张颜色发灰的脸变得十分难看，他咧着发黑的大嘴，露出一副病态的微笑；他那目光锐利的左眼眨巴个没完，被伤疤分为两截的灰白眉毛不停地在抖动。

“你好哇，米贡！”巴里诺夫冷嘲热讽地说，“夜里偷了什么啦？”

“偷了你的钱呗。”米贡用男高音的嗓子清脆地回答说，同时向罗马斯脱帽致意。

我们的房东潘科夫——他也是我们的邻居——从院子里走了出来；他穿一件西服外套，脖子上系一条红围巾，脚下穿一双胶皮套鞋，胸前挂一条像缰绳一样长的银链子。他气鼓鼓地用眼睛打量一下米贡，说：

“要是你这个老东西再往我园子里钻，我非打断你的腿不可！”

“你这套老生常谈又来了，”米贡不慌不忙地说，然后，他叹了口气，补充道，“要是不打人，你的日子怎么过呀？”

潘科夫开始对他破口大骂，而他则接着说：

“我怎么能算老呢？我只有四十六岁……”

“圣诞节的时候你已经五十三岁了，”巴里诺夫叫道，“是你自己说的——五十三岁！你为什么要撒谎？”

一个身材魁梧、留着大胡子的老人苏斯洛夫[1]和渔民伊佐特走了过来，这样，加在一起有十来个人。霍霍尔坐在店门口的台阶上，抽着烟斗，一声不吭地在听农民们谈话；农民们则各自一边，分别坐在店铺前的台阶和长凳上。

当时气候很冷，天空光怪陆离，五色斑斓；云彩在寒冬的蓝天上迅速移动着，阳光和云影的斑点在小溪和洼地的水面上时隐时现，有时使人感到有些眼花缭乱，有时又让人感到像天鹅绒般的柔和与温暖。衣着华丽的姑娘们像一只只孔雀，沿着大街，飘然而下，向伏尔加河边一路奔去，她们撩起裙子的下摆，露出铁青色的皮靴，一个个从洼地上跨越而过；男孩子们肩上扛着长长的鱼竿，一路狂跑；农民们从店铺前大摇大摆走过去的时候斜着眼睛望着我们店里的这些人，默默地脱下便帽和毡帽，表示问候。

米贡和库库什金心平气和地在讨论一个搞不清楚的问题：到底是谁的心更狠一些——是商人，还是地主老爷？库库什金说是商人，米贡说是地主老爷。他那响亮的男高音压过了库库什金语无伦次的声音。

“芬格罗夫先生的爸爸，一把揪住了拿破仑·波拿巴的胡子。而芬格罗夫这时使劲揪住他们两人脑后的羊皮领子，先是双手往两边一拉，接着用力将他们的脑门儿往一块儿一撞——得！

1 我记不清农民们的姓名，因此，很可能将他们的名字搞混或者记错。——作者注两个人躺在地上一动都不动了。”

“要是这样撞，你也得倒下！”库库什金赞同地说，但他补充说：“不过，商人可比地主老爷能吃……”

坐在台阶最上边一阶的、仪表堂堂的苏斯洛夫则抱怨说：

“现在农民种地可有些靠不住了，米哈伊洛·安东诺夫。以前在老爷手下干活的时候是不允许吃白饭的，各人都有各人的事情……”

“那你就呈文请求再恢复农奴制吧。”伊佐特回答他说。罗马斯默默地看了他一眼，开始在台阶的栏杆上磕自己的烟斗。

我等着，看他到底什么时候说话，于是，我一面仔细倾听农民们前言不搭后语的谈话，一面努力想象着霍霍尔究竟会说些什么。我觉得，他已经错过了加入农民谈话的许多大好机会。但是他无动于衷，一句话也不说，木呆呆地坐在那里，一动不动，眼睛一直盯住看风如何在水洼里掀起层层涟漪，看大风怎样在追逐一块块的云彩，将它们聚拢成大团的乌云。河上传来了轮船的汽笛声，下面是姑娘们尖细的歌声，以及手风琴的伴奏声。一个醉鬼正沿着大街向下面走去，他一面打着饱嗝，一面不停地嚷嚷，同时挥动两只胳膊，步履蹒跚地一路歪斜，不时跌倒在水洼里。农民们谈话的语速越来越慢，他们言谈中流露出一种沮丧的情绪，这时我也感到有些忧伤，因为寒冷的天空眼看就要下雨，我想起了没完没了的城市喧闹声，想起了它那各种各样的杂音，街上川流不息的人们，以及他们的高谈阔论和发人深省的生动语言。

晚上喝茶的时候，我问霍霍尔：“他打算什么时候跟农民们谈谈呢？”

“谈什么呀？”

“啊，”他仔细听我讲完之后说，“喏，要知道，如果我跟他们谈这个内容，而且是在大庭广众之下，那我准会再次被发配到雅库特去……”

他往烟斗里装些烟丝，抽了起来，周围立刻一片烟雾缭绕。他不慌不忙、如数家珍似的讲了起来，他说：“农民是那种谨小慎微的人，不轻易相信人。他们害怕自己，害怕邻居，特别是害怕一切外人。他们获得自由还不到三十年[1]，每一个四十岁的农民，生下来的时候还是奴隶，这一点他们都记忆犹新。什么叫自由，很难弄明白。他们的理解非常简单——自由，就是想怎么生活就怎么生活。但是到处都是当官的，他们一直在妨碍人们生活。沙皇从地主那里抢走了农民，于是，沙皇如今就成了全体农民唯一的老爷。再说了，究竟什么叫自由？突然，有一天，沙皇会解释什么叫自由的。农民非常信任沙皇——他是所有土地和财富的唯一的老爷。他把农民从地主手里夺了过来，他也可以把轮船和店铺从商人手里夺过来。农民信任沙皇，他们明白，老爷多了不好，一个最好。他们期待着，有朝一日，沙皇会向他们解释自由的含义。到那个时候，谁想要什么，就可以拿什么。大家都希望能有这么一天，可是每个人又非常害怕，人人心里都在打鼓——可不要错过这个谁想要什么就拿什么的关键日子。而且他们自己对自己也感到担心：想要的东西很多，并且也有东西可拿，可是怎么个拿法呢？大家摩拳擦掌，盯住同一件东西。何况，还有数不清的官员，他们显然是仇视农民的，对沙皇也不待见。但是没有当官的也不行，那样大家将你争我夺，彼此会打起来。”

1　俄国沙皇1861年2月19日下令废除农奴制，到1888年还不到30年。

狂风在怒吼，它把淅沥的春雨泼洒在窗户的玻璃上。街上是灰蒙蒙的一片，我的心情也有些灰暗，感到索然乏味，百无聊赖。一个嗓门不高、平心静气的声音若有所思地对我说：

“要告诉农民，他们应该逐渐学会把权力从沙皇手里夺过来；告诉他们，人民有权从自己中间推选各级官员——警察局长、省长和沙皇……”

“这事还得一百年！”

“您以为三圣节[1]之前就能做到这一切吗？”霍霍尔很严肃地问。

晚上不知他到什么地方去了，十一点钟的时候，我听到街上传来一声枪响，就在附近什么地方。我黑灯瞎火地冒雨跑了出去，看见米哈伊尔·安东诺维奇正朝大门口走来，他慢腾腾、小心翼翼地绕开地上的横流，看上去，人显得十分高大，黑乎乎的。

“您跑出来干吗？是我开的枪……”

“对谁开的枪？”

“有几个人，手持木棍，向我冲了过来。我说‘站住，不然我要开枪了’，可是他们不听。喏，于是我便朝天鸣放了一枪，反正天是打不坏的……”

他站在过道里，脱去外衣，一只手捋着湿漉漉的大胡子，同时像马一样，一个劲地打着响鼻。

“我这双靴子真是糟糕透了！该换一双了。您会擦手枪吗？帮我擦一擦，不然会生锈的。给抹点火油……”

他坚定不移、沉着冷静，两只灰色眼睛透出平和、执着的目

1　三圣节，亦称三一主日或圣灵降临节，是东正教12大节日之一，教徒们每年在复活节后第50天举行节日活动。

光，对此，我非常赞赏。他在屋内对着镜子梳理着自己的胡子，同时警告我说：

“您在村子里走动可要倍加小心，特别是在节假日和晚上，很可能有人也要打你。不过您随身不要带木棍，这样会刺激那些想寻衅滋事的人，还会让他们觉得您害怕他们。用不着害怕他们！他们自己才是胆小鬼呢……”

我生活得很愉快，每天都有新的、重要的收获。我如饥似渴地阅读自然科学方面的书籍，罗马斯开导我说：

“这一点，马克西梅奇，你首先，而且最好要了解清楚，人类最优秀的人才，都投身于一门科学。”

伊佐特每周有三个晚上到这里来，我教他读书识字。起初他对我不大信任，带有几分嘲笑的意味，但是上了几堂课后，他友好地对我说：

“你讲得很好！你呀，小伙子，应该当老师……”

这时，他突然提议说：

“你好像很有力气，喏，要不，咱们拿根棍子拔一拔，比试一下？”

我们从厨房找来一根粗木棍，然后往地板上一坐，两人脚掌对着脚掌，相互用力，使劲往自己这边拉，僵持好长时间，一心想把对方从地板上拉起来，霍霍尔则在一旁嘿嘿地笑着，给我们打气：

“喏，怎么？加油呀！”

伊佐特把我拉了起来，这件事好像使他进一步对我有了好感。

“行啊，你身体挺不错的！”他安慰我说。“可惜你不喜欢捕鱼，要不你跟我到伏尔加河捕鱼去。夜里的伏尔加河呀，天堂一般！”

他学习很努力，成绩也相当好，这连他自己都感到非常惊讶。有时候，正在上课，他突然站起来，从书架上拿起一本书，扬起眉毛，磕磕巴巴地念上两三行诗，然后红着脸，望着我，惊讶地说：

“我这不是会朗读了吗？真他妈的！”

于是他闭上眼睛，重新又朗读一遍：

> 鹞鸟在凄凉的原野上哀伤悲鸣，
> 宛若母亲在儿子的墓前泣不成声……[1]

“你看见过吗？”

有几次，他压低声音，小心地问我：

“你倒是给我解释一下，老弟，这到底是怎么回事？一个人，看着这一个个的鬼符号，它们怎么就联结成词汇了，而且我认识它们——那都是我们嘴边常说的话呀！我是怎么认识它们的？谁也没有悄悄地告诉我。如果它们是一些画，喏，那自然就非常明白。而这里印出来的好像是思想本身——这到底是怎么回事？”

我能怎么回答他呢？如果我说“不知道”，这会使他非常失望的。

“简直是魔术！”他一面叹道，一面对着亮光，翻看着书页。

他身上有一种人见人爱的稚气，天真纯洁，令人感动；他越来越让我想起书中描写的可爱的农民。他几乎和所有的渔民一样，具有诗人的气质；他爱伏尔加河，喜欢寂静的夜晚，对一人

1 俄国诗人H.涅克拉索夫（1821—1877）的长诗《萨沙》（1855）的开篇语。

独处和静谧的生活，情有独钟。

他仰望着群星，问道：

“霍霍尔说，很可能有什么人生活在那里，跟我们差不多。你是怎么想的，是真的吗？要能给他们发个信息就好了，问问他们生活得怎么样，兴许比我们过得要好，更快活……”

其实他对自己的生活也很满意。他是个孤儿，房无片瓦，地无一垄，全靠打鱼为生；他喜欢这种平静的生活，谁也不依赖。但是他很讨厌农民，他警告我说：

“你别看他们对人挺亲热的，他们可狡猾了，虚伪得很，可不能相信他们！现在他们对你是一个样子，明天就会是另一个样子。他们每个人只盯住自己鼻子尖下的那点利益，认为社会公共事业是一种苦役。”

一个心肠软得出奇的人，一谈到“土豪劣绅”，马上便恨得咬牙切齿：

“他们为什么比别人富有？因为他们更聪明。你小子要是聪明的话，那就请你记住：农民们应该联合起来，团结起来，这样才会有力量！可是他们却把村子搞得四分五裂，就像把一根木头劈成许多碎片似的，这就是问题的关键！他们自己在跟自己过不去。这样的人太可恶了。这不，为了他们，霍霍尔整天忙得焦头烂额……”

他长得一表人才，身体强壮，深得女人们的欢心，她们也确实降着了他。

“当然，在这方面我是被宠坏了，”他真诚地忏悔说，“对于做丈夫的人来说，这是一种奇耻大辱，换了我，我也会非常生气的。然而，又不能不同情这些女人，女人就好比是你的第二生命。她们活在世上没有节假日，没有爱情，成天像牛马一样地干活，别的什么都谈不上。当丈夫的没有时间去爱她们，可我是个单身男人。她们有许多人，婚后第一年就尝到了丈夫拳头的滋味。不错，在这方面，我是有罪的，我常和她们一块儿厮混，逢场作戏。我只有一点请求：希望你们——这些女人——不要相互抱怨，我可以满足你们大家的要求！你们彼此不要妒忌，对于我来说，你们全都一样，都值得同情……”

这时，他不好意思地嘿嘿一笑，接下去说：

“我差一点和一位太太搭上了关系，她是从城里到别墅来度假的。她长得很漂亮，皮肤洁白，像牛奶一样，头发是亚麻色的，一双浅蓝色的眼睛非常善良。我经常卖给她鱼，有时老盯住她看。

“‘你有什么事吗？’她问我。

“您自己心里明白，我说。

“‘那好，’她说，‘我今夜去找你，等着我！’

“她还真是说到做到！她真的来了。只是蚊子给她带来了很大困扰，把她叮得够呛，得，结果我们什么事情也没搞成。

“‘不行，’她说，‘蚊子叮得太厉害了，’她差一点哭出声来。一天后，她丈夫——一个什么法官——来了。没错，这些夫人太太们就是这个德行。”

他带着忧伤与责怪的口吻最后说：“蚊子打扰了他们生活……”

伊佐特非常欣赏库库什金，夸他说：

“喏，要是仔细观察一下这个农民，你就会发现他的心灵有多么善良！大家不喜欢他，唉，真是不应该！当然，他有些多嘴多舌，可是，要知道，每一头牲口都有自己的花色啊！”

库库什金没有土地，娶了一个嗜酒如命的女仆为妻，这女人个子虽然矮小，但是身体强壮，动作麻利，而且非常凶狠。库库什金把自己的小屋租给了一个铁匠，自己则住在浴室里，在潘科夫那里干活。他非常喜欢收集新闻，没有新闻时，他便自己编造各种各样的故事，而且总要把它们一个个串联起来。

“米哈伊洛·安东诺夫，你听说了吗？京科夫地区的一名警察辞职不干了，说要出家为僧去，他说：‘我不愿再殴打农民了。够了！’”

霍霍尔神情严肃地说：

“如果这样，所有当官的都得从你们的身边跑开。”

库库什金一面把麦秸、干草和鸡毛从乱蓬蓬的褐色头发中拣出来，一面说：

“全都跑开是不会的，跑开的只是那些有良心的官员，当然，他们在自己的岗位上也很难办。你呀，安东内奇，我看你是不相信良心的。可是，要知道，不讲良心，就是有很高的聪明才智，日子也是很难过的！你现在听我来讲一件事……”

接着，他讲了一个“绝顶聪明的”女地主的故事。

“有这样一个非常厉害的女人，连省长这样位高权重的官员也必须到她那里登门拜访。省长说：‘夫人，您应该小心谨慎，以防万一。关于您坏事做尽的流言蜚语甚至已经传到了彼得堡！’当然，她用果子露酒款待了他，然后说：‘请回去吧，祝您一路顺风，我的性格是无法改变的！’三年零一个月过去了，她突然把农民们召集到一起，说：‘现在我把我的全部土地都交还给你们，再见了，请原谅我，而我……’”

“她进了修道院。”霍霍尔提醒说。

“没错，当了修道院的院长！这么说，你也听说过她的故事？”

“我从没有听说过。”

“那你从哪儿知道的？”

“因为我了解你。”

这个喜欢幻想的人，一面摇着头，一面嘟嘟哝哝地说：

“你为什么总不相信别人……”

而且，经常是这样：他故事里的坏人、恶棍，一旦坏事做绝，便“逃之夭夭，销声匿迹”，但更多的情况是，库库什金像“处理垃圾”似的把他们都送进修道院。

他常常出人意料地忽发奇想，眉头突然一皱，宣称：

“我们打败鞑靼人，真是多此一举——鞑靼人比我们要优秀！”

可这时并没有人议论鞑靼人的事，大家正在谈论有关成立果农合作社的事。

罗马斯正在介绍西伯利亚的情况，讲西伯利亚的农民多么富裕，但是突然，库库什金若有所思地喃喃自语道：

“如果两三年内不去捕捞鲱鱼，这种鱼就会大量繁殖，海水就会漫过堤岸，淹没众人。鲱鱼是一种繁殖速度极快的鱼！”

村里人认为库库什金是个无足轻重的人，根本没把他当回事，可是他的故事和种种奇怪的想法，却使农民们感到很受刺激，常常引起他们的斥骂和讥笑，但是听他讲起来却又感到津津有味，非常专注，很想从他的胡诌八扯中发现一点真理。

“瞎话篓子”，正儿八经的人都这样叫他，只有那个喜欢打扮的潘科夫态度严肃地说：

“斯捷潘，一个难以捉摸的人……”

库库什金是个非常能干的人，他会箍木桶，修炉灶，懂得养蜂，教妇女们饲养家禽，木工活也非常在行，什么活都会干，尽管他干起活来慢腾腾，死样活气的。他喜欢猫，浴室里喂了十几只养得肥肥胖胖的大猫和小猫，他拿乌鸦和寒鸦喂它们，而且教这些猫捕食家禽，结果加大了人们对他的不满：他的猫经常咬死小鸡和母鸡，妇女们经常去追赶斯捷潘的猫，逮住了就是一通狠揍。在库库什金的浴室附近，时常能够听见愤怒女主人们的尖声叫骂，但这并没有让库库什金感到不安。

“臭娘儿们，猫本是一种会捕猎的动物，它们比狗要灵敏。我要教会它们捕捉飞禽，养上几百只，然后将这些猫出售，收入全都给你们这些臭娘儿们！”

他原先识字，但是后来都忘了；再捡起来，他又不愿意。他天资聪明，比谁都能更快地从霍霍尔的故事中抓住要害。

“啊，是这么回事，”他眉头一皱，像小孩子吃了苦药似的说，“就是说，对小老百姓而言，那伊万雷帝是无害的了……”

他、伊佐特和潘科夫，他们时常晚上到我们这里来，往往一坐就是半夜，听霍霍尔介绍世界的情况，讲外国的生活和各族人民风起云涌的革命故事。潘科夫很喜欢法国革命。

“这才是地道的生活大转折。”他称赞道。

潘科夫的父亲是个富裕的农民，因甲状腺肥大，长了个大粗脖子，两个眼珠子突出，看上去怪吓人的。两年前，他从父亲那里分了出来，“通过恋爱”，娶了伊佐特的侄女——一个孤儿为妻，婚后他对她严加管束，但却让她穿得像城里人似的。父亲大骂儿子固执任性，每当他从儿子的新房屋面前经过时，总要冲它愤愤地吐上一口唾沫。潘科夫不顾村里有钱人的反对，把房子租给了罗马斯，而且紧挨着这房子又开了一家小店，因此这里的人非常恨他，他呢，表面上对他们表现得无所谓，不感兴趣，可谈起他们时，一脸的不屑，而跟他们打交道时——则态度粗暴，而且冷嘲热讽。农村的生活使他感到非常苦恼：

"要是我有手艺，我也会住在城里……"

他仪表堂堂，一向穿得又非常整洁，举止庄重典雅，有很强的自尊心；他为人小心谨慎，不轻易相信他人。

"这件事，你是感情用事，还是有所考虑？"他问罗马斯。

"那你是怎么想的？"

"不，还是你来说吧。"

"依你看，哪样更好一些呢？"

"不知道！那依你看呢？"

霍霍尔一个劲儿地追问，终于使这个农民说出了自己的想法。

"当然，最好是有所考虑！考虑，就少不了从利益方面着想，而哪儿有利益，那里的事情就比较牢靠。随心所欲可不是我们的好参谋。随心所欲，我就会鲁莽从事，闯下大祸！我肯定会把神父活活烧死，免得他到处管闲事！"

神父，这个长得贼眉鼠眼的可恶的小老头儿，净给潘科夫添堵，他老在潘科夫和父亲的争吵中插上一脚。

起初，潘科夫对我很不友好，几乎是抱着敌视的态度，简直像主子对下人似的，对我大喊大叫，但是很快他就不这样了，尽管我感到他内心里对我还是不信任。其实，我对潘科夫也没有好感。

最令我难忘的是有几天晚上所发生的事。在一间很干净的小房间内，房子的墙壁是用圆木搭建的，窗子的防护板关得严严实实，屋角的桌子上点着一盏灯，灯后坐着一个人——大锛儿头，脑袋剃得光光的，留着一把大胡子，他说：

“生活的本质在于人和动物的距离越来越远……”

三个农民认真地听着，他们一个个耳聪目明，一脸足智多谋的样子。伊佐特总是坐在那里，一动不动，好像在倾听只有他一个人能够听到的来自很远地方的声音。库库什金好像受到蚊虫的骚扰，一直抓耳挠腮，坐卧不宁，而潘科夫一边捻着浅褐色的唇髭，一边心里暗暗思忖：

“就是说，还是得把人分为不同的阶层。”

潘科夫跟自己的雇工库库什金说话时态度从来都不粗暴，而是非常认真地听取这位幻想家杜撰出来的可笑故事，这一点，我非常喜欢。

谈话快结束时，我回到自己的阁楼上，坐在打开的窗子前面，望着已经沉睡了的村庄和田野，那里是一片沉寂，悄无声息。漆黑的夜幕下，点点星光距离地面仿佛越来越近，而离我则越来越远了。夜阑人静，万籁俱寂，这使我的心情备受压抑，而我的思想，已经飞向那浩瀚无垠的空间，于是，我看到了千千万万个村落，它们默默无闻地匍匐在平坦的大地上，像我们这里的村庄一样，紧贴着地面，一动不动，悄无声息。

空旷的夜晚亲切地拥抱着我，它好像千万条看不见的蚂蟥在吸吮我的灵魂，我渐渐感到困倦无力，一种模糊不清的焦虑情绪使我深感不安。我感到自己在这片土地上是那么渺小，那么微不足道……

我面前的农村生活，毫无乐趣可言。我多次听说，而且在书中也看到，说农村人比城里人活得更健康，人也比较真诚。但是，我眼见农民们整天处于连续不断的苦役般的劳动之中，他们当中有很多人身体并不健康，被工作累得五劳七伤，几乎从来看不到他们有个笑脸。城里的手艺人和工人，他们的工作并不轻松，但他们的日子过得比农村人要愉快一些，也没有那么单调乏味，不像村里的这些人，成天愁眉苦脸的，对生活一肚子牢骚。在我看来，农民的生活并不那么简单，它需要对土地进行精心的呵护；为人处世，方方面面都得机智灵活，随机应变。因此，这种缺乏理智的生活并不让人感到亲切，看得出，全村的人都像瞎子一样，在摸索中生活，大家都有所顾忌，互相不信任，只怕他们当中有狼心狗肺之人。

我很难理解，他们为什么这样一直不喜欢霍霍尔、潘科夫和一切“我们这样”希望理智生活的人。

我清楚地看到城市的优越性，看到城市渴望幸福，大胆开动脑筋，为自己提出各种各样的目标和任务。而且，每逢这样的夜晚，我总是想到下面两个城里人：

弗·卡卢金和兹·涅别伊

钟表匠，兼修各种仪表、外科手

术器械、缝纫机、各类八音盒等

这块牌子就挂在小店狭窄的门上，门两边是两扇落满灰尘的窗子。弗·卡卢金坐在一个窗口前面，他是个谢顶头，发黄的脑袋上长了个鼓包，一只眼睛上戴了个放大镜。他有一张圆圆的脸，人长得很结实，他用细小的镊子在摆弄钟表机件时，几乎总是不停地在微笑；要不就是张着隐藏在灰白唇髭下的圆嘴，在唱着什么。兹·涅别伊坐在另一个窗口前，他长了一头卷发，皮肤很黑，有一只长歪了的大鼻子，两只像李子般大小的眼睛和一小撮山羊胡子，他的模样干瘪消瘦，活像个魔鬼。他也在拆修一些精密的零件，时不时地会用他那男低音突然喊一嗓子：

“特拉——塔——塔姆，塔姆，塔姆！”

他们的背后都是些箱子、器械、轮子、八音盒、地球仪，堆得乱七八糟，到处都是，货架上摆满了各式各样的金属构件，墙上挂了许多壁钟，钟摆不停地来回晃动。我打算拿出一整天的时间，看看这些人是如何工作的，可是，我高大的身躯挡住了他们的光线，他们向我做出一副可怕的鬼脸，冲我挥挥手，让我走开。我离开时满心羡慕地想：

“要什么都会做该多么幸福啊！”

我崇敬这些人，相信他们深谙一切机器和工具的奥妙，世上所有的东西他们都会修。他们这才叫人啊！

可是我不喜欢农村，农民都是些莫名其妙的人。妇女们经常抱怨自己有病，她们总是说“心里乱扑腾”“胸口堵得慌”“肚子里绞着疼”。关于这些情况，每逢节假日，她们坐在自己的小屋前或伏尔加河的岸边，乐此不疲地讲个没完。这些人非常容易发火，骂起人来简直不要命。常常因为打碎一个价值十二个卢布的瓦罐，三家人能棍棒相加，大打出手，老太婆的胳膊被打断，小伙子的脑袋被打破。这种邻里打斗，几乎每个星期都发生。

小伙子对姑娘们表现得肆无忌惮，厚颜无耻，他们公然搞恶作剧，捉弄她们：他们在田野里逮住她们，把她们的裙子撩起来，然后用裙子下摆将她们的脑袋紧紧包住，用树皮扎紧。他们管这叫“姑娘开花”。下身裸露的姑娘们在尖声喊叫，破口大骂，但看来她们对这种游戏还是很乐意玩的，因为很明显，她们本来是可以迅速解开被扎住的裙子的，可是她们却尽可能地往后拖延时间。在教堂里通宵做祷告时，小伙子们经常会拧姑娘们的屁股，看来，她们好像是专门为让小伙子们拧一下才来教堂的。星期日，神父站在讲经台上说：

“畜生！你们这种伤风败俗的行为，难道就不能换个别的地方吗？”

“在乌克兰，人们对待宗教的态度，好像更富有诗意一些，”罗马斯说，“可是在这里，在相信上帝的幌子下，我看到的只是恐惧和贪婪的最粗野的本能。要知道，那种对上帝的真诚的爱，对上帝的美德和威力的赞颂，在这里的人们的心目中压根儿就不存在。也许这是件好事，因为这样摆脱宗教的束缚会更容易一些，因为——我告诉你们吧——宗教是一种极其有害的偏见！”

村里的小伙子们都喜欢吹牛，但是他们胆小如鼠。他们已经有三次夜间把我堵在街上，想痛打我一顿，但是都没有得逞，只有一次，他们在我腿上打了一棍子。当然，这件事我没有告诉罗马斯，不过他发现我走路有点跛，也就猜到了是怎么回事。

“唉，你终归还是收到了他们的礼物，是不是？我不是跟您说过了嘛！”

尽管他劝我夜晚不要出去，但我有时候还是沿着菜园子来到伏尔加河岸，坐在河边的白柳树下，透过清澈晶莹的夜幕，向下面张望，向河对岸的草原眺望。伏尔加河的河水在缓缓地流动，庄严而肃穆，已经看不见的太阳余晖，在昏暗的月亮的映照下，在河面上反射出一道道金色的光芒。我不喜欢月亮，因为它有一种不祥之兆，而且，就像对于狗那样，它会引起我的悲伤，直想悲怆凄厉地吼叫上几声。当我得知月亮本身不会发光，它是死的，它上面没有，也不可能有生命的时候，我感到非常高兴。在这以前，我想象着它上面住的都是些铜制的人，他们是由三角铁构成的，走动起来像圆规似的，叮里咣当，像斋戒日的洪钟，震耳欲聋。月亮上面的一切全都是铜质的，植物、动物——所有的东西都铿然有声，穿云裂石，沸天震地，与地球为敌，嫁祸于它。当我知道天上的月亮不过是空空如也时，我感到非常欣慰，但我仍然希望能有一颗大流星重重地坠落在月球上，由于它的撞击而使它大放光芒，这样月亮就可以用自身的光芒照亮地球了。

望着来自遥远地方的伏尔加河的流水——宛如一块闪闪发光的波动的丝绸，晃晃悠悠地消失在河岸山崖的阴影里——我感到自己的思想变得更加活跃与敏锐了。脑子里很容易涌现出一些难以言表的、不同于白天所感受的想法。伏尔加河的主河道几乎没有任何声音，像一只巨大怪鸟的轮船，身上披着火红的羽翼，在宽阔的黑乎乎的航道上缓缓行进，身后留下些许轻微的噗噗声，像是怪鸟在拍打自己沉重的翅膀。在绿草如茵的岸边，一盏盏灯火，游弋不定，它们在河面上映照出一片耀眼的红光——这是渔民们在灯光照耀下用鱼叉在叉鱼。有人会想，这可能是天上一颗无家可归的星星坠落了下来，像一朵朵火花在河面上来回游动。

从书中读来的东西，现在都变成了莫名其妙的幻想，想象正不知疲倦地绘制出一幅幅美丽无比的图画，此时此刻，你就好像紧跟在河流的后面，遨游在柔和的夜空里。

伊佐特找到了我，在夜色下，他好像显得更加高大，也更加可爱了。

“你怎么又到这儿来了？”他问道，同时在我身边坐了下来。他一句话也不说，沉默了很长时间，看着河面，望着天空，一直抚摸着他那金黄的、细如蚕丝的胡须。

后来，他幻想道：

“等我学成了，书读够了，我就沿着所有的河流一路走下去，我会把一切都搞懂的！我要去教别人！没错。老弟，要和别人促膝谈心，那该有多好！即使是一些老娘儿们，只要能够和她们推心置腹地交谈，她们也会明白过来的。不久前，有一个妇女坐在我的小船上问我，‘我们死后会怎么样？’她说，‘我既不相信有地狱，也不相信有另一个世界。’瞧见了吗？老弟，她们同样……”

他一时找不到合适的词句，停了一会儿，最后补充说：

“都是些活生生的人……”

伊佐特是个夜猫子，喜欢晚间活动。他对美的感受非常敏锐，他能够像一个富于幻想的儿童那样，用朴素的语言谈论美的事物。他相信上帝，并不感到畏惧，虽然他也像在教堂里那样，把上帝想象成为一位高大、端庄的老者，一位聪明善良的世界主宰。他之所以未能战胜邪恶，那是因为“他实在顾不过来，繁衍生息的人太多了。不过，没关系，他一定会除恶务尽的，等着瞧吧！至于耶稣基督，那我就无法理解了，怎么也弄不明白！他和我一点关系都没有。有上帝也就行了。然而这里却又来了一个！据说是他的儿子。是儿子又怎么样？何况上帝并没有死……”

但伊佐特经常是不说话，坐在那里想着心事，只是偶尔叹口气说：

“是啊，原来是这样……”

“什么这样？”

“我只是自己随便一说……”

于是，又叹了口气，眼睛望着迷茫的远方。

“生活可真好啊！”

我表示赞同，说：

“是啊，的确很好！”

像天鹅绒似的雄浑强劲的伏尔加河水，黑压压一片，奔流不息；一条弯弯的银河，横空出世，展现在河流的上空，硕大的星星，像一只只金色的云雀，闪烁其间，照得人们眼花缭乱，而我的心却在低声吟唱自己关于生活奥秘的荒唐想法。

远处，在草地的上空，阳光透过粉红色的云彩，露出了笑脸，这不，瞧呀，太阳终于像孔雀开屏似的，在天上大放光芒了。

“太阳真是奇妙极了！”伊佐特喃喃说道，脸上露出幸福的微笑。

苹果树正在开花，村里到处是粉红色的花朵和苦涩的芳香，这种香味无处不在，完全盖过了焦油和粪肥臭气。千百棵鲜花盛开的苹果树，披着用花瓣织成的绸缎似的粉红色的节日盛装，一排排，一行行，井然有序地从村里一直伸延到田野。每当夜晚，明月当空，微风习习，一朵朵像小蝴蝶似的苹果花摇晃不定，发出勉强能够听得见的轻微的簌簌声，这时，整个村庄仿佛都被金光闪闪的淡蓝色巨浪淹没了。夜莺在尽情地歌唱，从不知疲倦；而白天，椋鸟放开歌喉，一个劲儿地欢唱；看不见的云雀，把那委婉动听的歌声不断地撒向大地。

第四章

每逢节假日，傍晚时分，大姑娘、小媳妇们走上街头，她们像鸟儿似的，张大嘴巴，引吭高歌，脸上露出如醉如痴的甜蜜微笑。伊佐特像喝醉了酒似的，也满脸堆笑；他瘦了许多，两只眼睛深深陷进了发黑的眼窝里，他的面孔也显得更加严峻和漂亮了——更像是一位圣徒。他整天都在睡觉，只有傍晚时分才在街上露面，表现出一副心事重重、若有所思的样子。库库什金粗言粗语，但在挖苦嘲笑他时却显得非常亲切，而他总是尴尬地嘿嘿笑着，说：

“得了吧，你！有什么办法呢？”

接着，他赞叹地说：

“啊，生活是多么美好！要知道，能过上这样甜蜜的生活，又有这样暖心的话，是多么好啊！有人说，这好日子到死都不会忘记，要是死后能再活过来——首先想到的就是这一点！”

“你可要当心，那些当丈夫的会揍你的。”霍霍尔笑着提醒他说，态度也非常亲切。

“这话不无道理。”伊佐特表示赞同。

差不多每天夜晚，伴随着夜莺的歌唱，米贡那高昂而动人的歌声，在果园里、田野里和伏尔加河的岸边，四处飘扬。有许多优秀的歌曲，被他唱得出神入化，妙不可言，为此，农民们甚至在许多事情上都让他三分。

每到星期六的晚上，我们店铺旁聚集的人会越来越多，而且，其中肯定少不了老头子苏斯洛夫、巴里诺夫、铁匠克罗托夫和米贡。他们坐下来，相互交谈，一脸若有所思的样子。有些人走了，另外一些人又来了，如此来来往往，一直能持续到半夜。有时候，喝醉酒的人也发生口角，最常见到的要算是退伍兵科斯京了，他仅有一只眼睛，左手还缺了两个指头。他把袖子往上一卷，挥舞着拳头，像一只好斗的公鸡，一面大踏步地向店门前走来，一面扯着嗓子，声嘶力竭地喊道：

“霍霍尔，你这可恶的东西，土耳其异教徒！你说说看，为什么你不到教堂里去，啊？你这个异教徒！整个一个害群之马！你说你究竟是什么人？”

有人逗他说：

“米什卡[1]，你为什么把自己的手指头断了两根？是被土耳其人吓的吧，啊？[2]”

他一听，扑上去就要开打，但是人们拦住了他，然后连说带笑地把他往峡谷那边猛推过去，于是，他一溜歪斜地沿着峡谷的斜坡滚了下去，嘴里死命地尖声喊叫着：

“救命呀！要摔死人啦……”

过后，他又爬了上来，滚了一身的尘土，然后向霍霍尔提出

---

1 米什卡是科斯京的大名米哈伊尔、小名米沙的爱称。

2 指1877—1878年的那场俄土战争。

要一什卡利克[1]的酒喝。

"为什么呀？"

"因为我让你们开心了。"科斯京回答说。农民们听了哄堂大笑起来。

有一次，是个节日的早晨，厨娘将木柴在炉子里生着后，便到院子里去了，而我正在店里面待着，这时突然从厨房里传出一声巨响，店铺被震得直摇晃，装糖果的盒子从货架上纷纷掉下来，震碎的玻璃噼里啪啦落了一地。我急忙奔到厨房，厨房里烟雾腾腾，正在往别的房间里扩散，烟雾中有什么东西在发出嗞嗞和啪啪的响声，霍霍尔一把抓住我的肩膀，说：

"站住，别进去……"

厨娘在过道里号啕大哭。

"唉，你这蠢婆娘……"

罗马斯冲进烟雾，哐当一声，被什么东西碰了一下，他狠狠地骂了一句，喊道：

"别嚷嚷了！拿水来！"

厨房地板上的劈柴正在冒烟，有的木条正在燃烧，地上堆放着一些砖头，黑乎乎的炉膛里，空空荡荡，好像被清扫过一样。透过烟雾，我摸到了一桶水，赶紧把地板上的火扑灭，然后又把地上的劈柴扔回到炉子里去。

"当心点！"霍霍尔说。他拉住厨娘的一只手，把她往一个房间里推去，并且命令说：

1　什卡利克，旧俄国的量酒单位，约合0.06升。

“把店门关上！要当心，马克西梅奇，说不定还会爆炸……”于是，他蹲在地上，开始仔细察看那些用云杉圆木劈的木柴，然后又把我扔进炉子里的木柴掏了出来。

“您这是干什么呀？”

“就干这个！”

他把一根被炸得七扭八歪的圆木头递给我看，我看见木头上有人用手钻钻了一个大洞，已经被火烧得不成样子了。

“明白了吗？是他们——这些可恶的家伙，他们在木头里装了炸药。一帮蠢货！唉，一俄磅的炸药能干什么呀？”

于是，他将那根木头放在一边，开始洗手，并且说：

“幸好阿克西尼娅离开了，不然会伤着她的……”

带点酸味的烟雾已经散去，只见碗架上的餐具被震破了，窗子玻璃也都震碎了，炉灶口的砖头也被炸碎了。

我很不喜欢霍霍尔此时此刻那种满不在乎的态度，他表现得跟没事人似的，好像这个愚蠢的主意一点都没让他感到气愤。然而，男孩子们却满大街地边跑边喊：

“霍霍尔家失火啦！烧起来啦！”

一个妇女一面不停地诉说，一面号啕大哭，而阿克西尼娅则从房间里发出一声惊叫：

“米哈伊洛·安东内奇，人们闯进店里了！”

“喏，喏，小声点！”他一面说，一面用毛巾擦着湿漉漉的大胡子。

一张张胡子拉碴的面孔，因为恐惧和愤怒，全都扭曲变形了，它们眯缝着被烟熏火燎的眼睛，朝敞开着的窗子里一再张望，这时有人尖着嗓子，情绪激动地喊道：

“一定要把他们从村子里赶出去！他们总是不断地惹是生非！天啊，这算怎么回事呢？”

一个红头发的矮个子农民，嘴唇哆嗦着在胸前画着十字，他想从窗口爬进来，但是没有爬成。他右手握住一把斧头，左手哆哆嗦嗦地使劲扒着窗台，最终还是滑了下去。

罗马斯手里拿着一根木头，问他：

“你要往哪里爬呀？”

“我要去救火，老爷子……”

“可是哪儿也没着火呀……”

这个农民惊恐地张大嘴巴，转眼便消失了。这时罗马斯走到店铺外的台阶上，一面把手里的那根木头给大家看，一面对众人说：

“你们当中有人将炸药装进这根木头里，然后把它塞到我们的劈柴垛里。可是炸药的量少了点，所以没造成什么损害……”

我站在霍霍尔的背后，看着大家，只听见那个拿斧头的农民心惊肉跳地说：

“他干吗冲着我挥动那根木头呢……”

这时，已经喝得醉醺醺的退伍兵科斯京大声喊道：

“把肇事者揪出来！把他送交法庭……”

但大多数的人都沉默不语，盯住罗马斯看，心存疑虑地在听他说话：

“要想把这个小屋炸掉，需要很多炸药，大概得一普特！好啦，大家都散了吧……”

有人问：

“村长到哪儿去了？”

“应该去叫警察！”

人们很不情愿地慢慢散开了，好像很有点不甘心似的。

我们坐下来喝茶。这时阿克西尼娅分别给大家一一倒上，态度从来没有这样亲切友善过，她非常同情地看着罗马斯，说：

“请不要责怪他们，他们这是在搞恶作剧。”

“这事儿，您不生气吗？”我问她。

“哪有时间对每件蠢事都生气呀。”

我在想：“如果大家都能安分守己地干自己的事，那该有多好啊！”

他已经对我说过，不久他要到喀山去，问我要带什么书回来。

有时候，我觉得，这个人心里装有一部机器，就像钟表的机芯那样，一旦上紧了弦，就能够走一辈子。我喜欢霍霍尔，也非常尊敬他，但我希望，有朝一日他能对我或者别的什么人，发一通脾气，跺着脚臭骂一顿。然而，他不会或是压根儿不想动这个气。当有人出些馊主意，成心惹他生气时，他也只是轻蔑地眯起灰色的眼睛，冷冷地来上几句不咸不淡的话，但却总是那么简洁明快，一针见血。

比如，他问苏斯洛夫：

“为什么呀，您，年纪都那么大了，何必还要昧良心呢，啊？”

老人发黄的脸和额头，渐渐变得通红，好像他的白胡子的须根也变红了。

“要知道，这对您并没有什么好处，而您却会失去别人对您的尊敬。”

苏斯洛夫低着头，同意道：

“是的，是没有什么好处！”

然后，他对伊佐特说：

“他真是个有知人之明的引路人！让这样的人去当领导……”

罗马斯言简意赅，头头是道，他语重心长地嘱咐我，当他不在的时候我应该做什么和怎么做，而且我觉得，他已经完全忘记了有人想用爆炸来恐吓他的事，就像把蚊蝇的叮咬置之脑后一样。

潘科夫来了，他看了看炉灶，阴沉着脸，问道：

“没吓着你们吗？”

“咳，有什么可怕的？”

“是场战争啊！”

“坐下喝茶吧。”

“老婆在等着呢。”

“你去哪儿了？”

“渔场，和伊佐特在一起。”

他走了，在厨房里他再一次若有所思地说：

“是场战争。”

他和霍霍尔说话从来都很简短，好像所有重要而复杂的事情早都已经讲过了。记得伊佐特听了罗马斯讲的关于伊万雷帝当政的故事后说：

“这皇帝也太没有意思了！”

“他杀人如麻。”库库什金补充说，而潘科夫则坚决认为：

“看不出他的脑子有什么过人之处。他杀害了许多王公大臣，可是又有许多小的贵族[1]取代了他们的地位。他还招来了许多

1　伊万四世（即伊万雷帝）1547年加冕亲政，自称沙皇，是全俄的大独裁者。他利用诸侯间的矛盾，打击大贵族，扶植小贵族，对内实行中央集权，残酷镇压人民，对外一味扩张，宣称要建立称霸世界的“第三罗马帝国”。

外国人。这事他做得可很不明智。小的贵族地主比大的贵族地主还要坏。苍蝇不是狼，猎枪打不着它，可是它让人讨厌，比狼还可恶。”

库库什金提来一桶和好了的泥巴，他一面给炉灶砌砖，一面说：

“这帮鬼东西，亏他们想得出来！自己身上的虱子还捉不干净，竟然捉弄起别人来了，好哇！你呀，安东内奇，不要一下子运来很多货物，最好一次少运点，多运几次，不然，瞧吧，他们还会给你放火烧掉。现在，你要干的这件事，等着吧，有你倒霉的时候！”

所谓“这件事”，指的就是果园主合作组织，村里有钱人都持反对态度。霍霍尔在潘科夫、苏斯洛夫和两三个明白事理的农民的帮助下，已经筹划得差不多了。大部分家庭的主事人对罗马斯已经开始产生好感，店里的顾客也明显多了起来，连那些“没什么用处的”农民——巴里诺夫和米贡——也都千方百计地为霍霍尔的事情助一臂之力。

我非常喜欢米贡，爱听他那美妙而忧伤的歌曲。他唱歌的时候老是闭着眼睛，这样他那张痛苦的脸便不再抽搐了。他喜欢在夜晚没有月亮或天空被厚厚的云层遮住的时候活动。有时候天刚刚黑他就悄悄地喊我：

“到伏尔加河上去吧。”

到了那里，他坐在自己小船的船尾上，将两条黑黢黢的罗圈腿伸进黑乎乎的河水里，一面拾掇禁止使用的捕捉鲟鱼的渔具，一面小声地对我说：

“地主老爷在我的头上拉屎撒尿，唉，我认啦，这狗东西，他是个人物，比我见多识广。可是，自己的兄弟，乡巴佬一个，也来挤对我。我怎么能咽下这口气呢？我们之间有什么差别？他手里数的是卢布，我手里数的是戈比，不就这点不同嘛！”

米贡脸上的表情显得很痛苦，眉毛一动一动的，一直在不停地跳动，他手指头的动作异常麻利，一面察看渔具，一面用锉刀在打磨鱼钩，只听见他在低声地倾诉着自己的心声：

“说我是小偷，没错，我是有罪！可是大家不都是在靠偷窃过日子吗？大家都在互相敲诈，你咬我，我咬你。是的，上帝不喜欢我们，可魔鬼对我们却宠爱有加呀！”

黑乎乎的河水从我们眼前流过，乌云在上空飘动；黑暗中，已经看不见岸上的草地了。

“日子总得过下去呀，是不是？”米贡叹了口气，问道。

岸上，一条狗在凄厉地狂叫着。我好像在做梦似的想：

“可为什么一定要按你这个样子活下去呢？”

河面异常安静，黑压压一片，看着让人瘆得慌。而且，这种温暖的黑夜是没有穷尽的。

“霍霍尔会被人打死的。瞧着吧，你也会被打死的。”米贡嘟哝道，然后，他出人意料地小声唱起来：

我妈妈对我，宠爱有加，
她曾经对我说：
哎呀，我的小心肝儿，
哎呀，我的宝贝疙瘩，
一定要踏踏实实地生活，
一片冰心，不求闻达……

他闭上眼睛，他的声音越来越强劲，听起来也更加忧伤；他的两只手在检查着渔具的绳索，手指头的动作越来越缓慢了。

我没有听妈妈的话，
哎呀呀，没有听妈妈的话……

我有一种奇怪的感觉：好像大地被汹涌澎湃而来的黑色洪流所涤荡，将它深深地卷入其中，而我则从地面上滑落下去，一直滑到一个伸手不见五指的黑暗去处，即太阳永远沉没的地方。

米贡忽然不唱了，就像他开始唱时一样出人意料。他一声不响地将小船推到河里，坐上去后，又几乎毫无声息地消失在茫茫黑暗之中。我看着他的背影，心里想：

“这些人活着究竟是为了什么？”

巴里诺夫[1]也是我的朋友，他这个人说话没什么条理，爱吹牛，非常懒惰，好搬弄是非，成天东游西荡，总也坐不住。他在莫斯科住过，一谈起这座城市，他便直吐唾沫：

“整个一座地狱！乱七八糟。教堂——一万四千零六座，可那里的人呀，清一色都是骗子！而且，所有的人像马一样，都长有一身的疥疮，千真万确！无论是商人、军人，还是市民，无一例外，都是边走路，边挠痒痒。确实，那里有一尊大炮王，那家伙个头大极了！是彼得大帝亲自铸造的，是用来对付暴乱分子的；有一个娘儿们，出身贵族，因为爱他，便起事反对他。

1 马特维·巴里诺夫，下诺夫戈罗德当地农民，曾随高尔基在俄国到处游荡了好几个星期。

他和她共同生活了整整七年，日子一天天地过去了，最后他抛弃了她，还有三个孩子。她一怒之下就造了反！就这样，我的好老弟，彼得大帝就用这尊大炮，对准暴乱分子，轰的一声——九千三百零八人，一下子全被撂倒了！他自己甚至都被吓了一跳。于是，他对菲拉列特大主教[1]说，'不行，必须得把这家伙的嘴给封上，不能再放了！'后来炮口便给封上了……"

我对他说，你这全都是胡扯，他听了生气地说：

"我的天呀！瞧你的脾气有多么坏！这故事是一位很有学问的人仔细讲给我听的，可你却说……"

他常去基辅面见"圣徒"，而且说：

"那个城市很像我们的村庄，同样坐落在山上，还有一条河不过我忘记它叫什么河了。跟伏尔加河比起来，它不过是一条水沟而已！老实说，这个城市很乱。所有的街道都曲里拐弯，通到山上。那里的老百姓叫'一撮毛'[2]，跟米哈伊洛·安东诺夫的血统不一样，而是一半波兰人，一半鞑靼人。他们净胡诌八扯，不正经说话，平时蓬头垢面，邋里邋遢，而且还吃癞蛤蟆——他们那里的癞蛤蟆一只有十普特重。他们把牛当作交通工具，甚至还用牛耕地。他们的牛非常棒，最小的也比我们的牛大四倍，体重八十三普特。那里的修士有五万七千名，主教二百七十三人……喏，你这个人真怪！你怎么能跟我争论呢？我是目睹其实，亲眼所见，可你呢，你去过那里吗？没去过。喏，这不就结了！我呀，老弟，最讲

1 原名瓦·米·德罗兹诺夫（1782—1867），俄国著名宗教人士，自1826年起担任莫斯科大主教，参加过制定1861年俄国废除农奴制的宣言。

2 旧时对乌克兰男人的一种不敬的称呼，因他们常在剃光头顶的囟门上留下一小撮头发而得名。

究准确无误了，丁是丁，卯是卯……”

他喜欢数字，从我这儿学会了加法和乘法，但是他对除法非常头疼。他对多位数的乘法情有独钟，不怕算错，常常用木棍在沙地上写一连串的数字，瞪大孩子般的眼睛，惊讶地望着它们，赞叹道：“这玩意儿谁都念不出来！”

他这个人邋邋遢遢，灰头土脸的，衣服破破烂烂，可是他那张脸，模样长得倒不错，留着一把卷曲的、很有意思的长胡子，一双浅蓝色的眼睛，笑起来像个孩子似的。他和库库什金身上有一些共同之处，也许正是由于这个缘故，他们总是相互回避，尽量少碰面。

巴里诺夫曾经两次去里海捕鱼，因此，他总爱说：

“大海这玩意儿，我的兄弟，可不像别的什么东西。在大海面前，你只不过是一只小蚊子！面对大海，你简直就感觉不到自己的存在！海上的生活是甜美的。各种各样的人都在往那儿跑，连东正教的修士大司祭也只身一人跑来了：他做得不错！有个女厨师也是孤身一人，作为情妇，她跟一个检察官住在一起，喏，她还能要求什么呢？然而，她还是忍受不了，说：‘检查官，你待我很好，不过，咱们还是分手吧！’因为不管是谁，只要看见过大海，哪怕只是一次，他就会再被吸引过去。那里有广阔的天地。像在空中一样，天马行空，任人驰骋！我也要到那里去——永生永世。我不喜欢有很多人，这就是原因！我本想过隐居生活，藏身于荒郊野外，不过，我不知道哪儿有像样的荒野去处……”

他像一条无家可归的狗，在村子里东游西荡，人们都瞧不起他，可是听他讲故事倒是很乐意，就像愿意听米贡唱歌一样。

“真能胡诌！挺有意思的！”

他那异想天开的故事，有时候连潘科夫这样一本正经的人都听得稀里糊涂了，有一次，这个不轻易相信别人的农民对霍霍尔说：

“巴里诺夫说，关于伊万雷帝的事，并没有都记载在书里，有许多东西被隐瞒起来了。他这个人——伊万雷帝——变化多端，曾经变成过一只鹰，所以，从那个时候起，钱币上便压制出一只鹰，这是为了纪念他。”

我发现不知有多少次了？所有那些稀奇古怪、荒诞不经的故事，有时甚至是编得很蹩脚的故事，比起那些描写生活真实的严肃故事来，人们往往更喜欢听他那些胡编乱造。

但当我把这个情况告诉霍霍尔时，他嘿嘿一笑说：

“这种情况会过去的！等人们学会思考就好了，而他们一定会认清真理的。至于这几个怪人——巴里诺夫、库库什金，您应该理解他们。要知道，他们是艺术家，是耍笔杆子的。大概耶稣也曾经是这样一个怪人。请相信我的话，有些东西他编得还挺不错呢……”

令我感到惊讶的是，所有这些人，他们很少而且不怎么愿意谈论上帝，只有苏斯洛夫老人经常而且充满自信地说：

“一切都是由上帝安排的！”

而且我从这句话里总能听出一种无奈的情绪。我和这些人在一块儿相处得很好，从每晚跟他们的交谈中学到了很多东西。我觉得，罗马斯提出的每一个问题，都像是一棵高大的树木，深深扎根于生活的土壤，而它的根系在土壤下面和别的、同样古老的大树的根系交织在一起，这样，它们的每一个枝头上都绽放着鲜艳的思想之花，生长出茂密的、掷地有声的语言之叶。我从书中汲取了催人向上的蜜汁，感到自己在不断地成长，说起话来也更加自信了，因此，霍霍尔曾不止一次地笑嘻嘻地夸奖我说：

“马克西梅奇，你干得不错啊！”

我非常感谢他对我说的这些话。

潘科夫有时候将自己的老婆带到我们这里来，她个子矮矮小小的，样子很温顺，长有两只聪明的蓝眼睛，一身“城里人打扮”。她不声不响地坐在一个角落，怯生生地抿着嘴唇，但是没过多久，她便惊讶得大张着嘴，眼睛也瞪得老大。有时候，她听到一个什么要害的词，便双手捂住脸，不好意思地笑起来，这时潘科夫直向罗马斯递眼色，说：

“她听懂了！”

常有一些非常谨慎的人来找霍霍尔，然后他和他们一块儿到阁楼上来找我，一坐就是几个小时。

阿克西尼娅给他们送吃的和喝的东西，他们就住在那里，这事除了我和女厨子，别的谁都不知道，女厨子对罗马斯就像狗一样忠心耿耿，几乎把他奉若神明。每天夜晚，伊佐特和潘科夫便把这些客人用小船送上过往的轮船，或者送到洛贝什基的码头。我从山上向下观望，只见一条小船上的透光镜在黑乎乎的，或在月光照耀下白花花的河面上闪闪发光。为引起轮船船长的注意，小船的上方还吊着一盏灯，我看着这一切，感到自己也参与了一项伟大而秘密的事业。

玛丽亚·杰连科娃经常从城里到这里来，但是，我从她的眼睛里已经看不到那种使我感到很不自在的目光了——我觉得她的眼睛很像是这样一个姑娘的眼睛：她因为意识到自己的美貌而备感幸福，也因为有一个很帅的大胡子男人在追求她而心花怒放。他跟她说话的时候就跟和大家说话时一样，态度非常平静，略微带几分嘲笑的意味，只不过是胡子捋得更勤了，目光也显得温存多了。而她那尖细的嗓音也充满了愉快的情绪。她穿一件浅蓝色的连衣裙，浅色的头发上系着一条浅蓝色的发带。她那孩子般的双手，不知为什么，总是闲不住，见什么摸什么，好像是在寻找什么东西。她一直在哼哼着什么歌曲，也不张嘴，几乎就没有停止过，同时用一块小手绢在自己稚嫩的红脸蛋前来回扇着。她身上有某种新的使我感到非常别扭的东西，令人非常反感和气愤。我尽量少跟她见面。

七月中旬，伊佐特不见了。有人说他被淹死了。两天后，事情得到了证实：在距离村子七俄里远的下游处，他的小船被冲到了岸边的草地上——船底破裂，船舷被撞碎。人们对这一不幸事件的解释是：大概伊佐特在河上睡着了，他的小船撞上停泊在距村子五俄里下游处的三艘驳船的船头了。

这件事发生的时候，罗马斯正在喀山。晚上，库库什金到店里来找我，垂头丧气地往麻袋上一坐，一声不吭，只看着自己的两只脚，后来，他吸了一口烟，问我：

“什么时候霍霍尔能回来？”

“不知道。”

于是，他用手开始使劲搓揉自己那张伤痕累累的脸，小声地直骂娘，喉咙里像卡了根骨头似的，一通吼叫。

“你怎么了？”

他紧咬着嘴唇，看了我一眼。他的眼睛发红，下颚直哆嗦。见他说不出话来，我十分着急，心想一定出了什么不幸的事儿。最后，他朝外面看了看，好不容易总算结结巴巴地说出话来：

“我和米贡一块儿去了，看见了伊佐特的船。船底是用斧头凿开的，你明白吗？就是说，伊佐特是被人害死的！不可能是别人……”

他不停地摇晃着脑袋，开始骂骂咧咧，一个劲儿地干号，嘴里脏话一直没断。后来，他闷声不响了，开始在胸前画着十字。眼看着一个农民想哭，但哭不出来，因为他不会哭，只是气得浑身颤抖，伤心难过得透不过气来——看着简直让人难受极了。他猛然站起身，拔腿便走，一个劲儿地直摇头。

第二天傍晚，几个在河里洗澡的男孩子，在一条被撞坏的驳船下面发现了伊佐特。驳船就在距村子不远的上游岸边，船体一半在岸边的石头上，另一半浸泡在水里，伊佐特的长长的尸体被钩在已经损坏了的尾舵上，脸朝下，四肢张开，脑壳已经空了，河水已经把脑浆冲走了。是有人从背后对这位渔民下的手，他后脑勺儿上的斧痕清清楚楚。河水把伊佐特冲得摇来晃去，把他的两条腿推向岸边，他的两只手也在随着水流晃动，好像伊佐特在拼命地想爬上岸来。

岸上有二十来个有钱的农民，黑丧着脸，聚精会神地站在那里；贫苦农民们还没有从田里回来。鬼头鬼脑、胆小怕事的村长挥舞着拐杖，前后一通忙活，他吸溜着鼻涕，不时用粉红色的衬衫袖子擦擦鼻子。身体健壮的小店老板库兹明叉开双腿，腆着个肚子，依次地看了看我，又看了看库库什金。他板着个脸，紧皱眉头，但他那毫无表情的眼睛里也饱含着泪水，而且，我觉得他那张麻脸也怪可怜的。

“哎呀，简直是胡闹！”村长哭诉着说，两条罗圈腿在地上直跺脚。“唉，这些个农民，太不应该啦！”

一个人高马大的年轻女人——村长的儿媳妇——坐在岩石上，

呆呆地望着河面，一只手哆哆嗦嗦地在胸前画着十字，嘴唇一动一动的；她的下嘴唇又厚又红，不知怎么的，看着让人感到很不愉快，跟狗的嘴唇一模一样，向下耷拉着，露出像羊一样的大黄牙。姑娘和小伙子们像一个个的彩球，从山上飞奔而下，灰头土脸的农民们也急匆匆地赶来了。人们小心谨慎地悄悄嘀咕着：

“这个庄稼佬也真够缺德的。”

“怎么见得呢？”

“这不就是那刺儿头库库什金……”

“不该把人弄死……”

“伊佐特只会老老实实地过日子……”

“老老实实地？”库库什金大吼一声，向农民们扑了过去。“那你们为什么要害死他，啊？浑蛋！为什么？”

突然，一个女人歇斯底里地哈哈大笑起来，这女人的狂笑像一条鞭子，在人群中劈头盖脸地抽打起来，农民们大吼一声，互相开始推推搡搡，大呼小叫，破口大骂，这时，只见库库什金一个箭步，冲到店老板跟前，抡起胳膊，照准库兹明的麻脸，啪的就是一记耳光。

“这一巴掌是给你的，畜生！”

这时，他挥舞着两个拳头，立刻从混战的人群里跳了出来，几乎是满心高兴地冲我喊道：

“你赶紧走开，要打群架啦！”

他已经挨着了别人的揍，嘴被打破了，正往外吐着血，但是他脸上的表情却显得十分得意……

“看见我怎么给库兹明那一耳光了吗？”

巴里诺夫跑到我们跟前，心惊胆战地看了看驳船边上的人群，他们挤了一大堆，这时，只听见村长的尖嗓音从人群中传了出来：

“不，你说话要有证据，我放纵什么人了？你要拿出证据来！”

“我必须离开这儿。”巴里诺夫嘴里嘟哝着，一面往山上走去。晚上的天气很热，闷得让人透不过气来。血红的太阳躲在厚厚的蓝色云层的后面，它那红色的余晖把灌木丛的叶子照得闪闪发亮，什么地方传来了隆隆的雷声。

伊佐特的遗体在我的面前轻轻地晃动着，破裂的脑壳上的头发被河水冲得笔直，仿佛都竖起来了。我想起了他那低沉的声音和美好的话语：

“每一个人身上都有孩子气的东西，我们应该看到这一点，要正视它！就说霍霍尔吧，看上去，他好像是铁石心肠，其实，他的心呀——整个一个孩子！”

库库什金和我并肩而行，他气鼓鼓地说：

“我们大家被弄得这样惨……天哪，简直是荒唐！”

两天后，霍霍尔回来了——深更半夜的，好像有什么事情使他感到非常满意，而且对人的态度也显得异常的亲切。我把他让进屋后，他拍了拍我的肩膀，说：

“你的睡眠太少了，马克西梅奇！”

“伊佐特被人害死了。”

“什么？”

他鼓着腮帮子，颧骨突起，胡子哆嗦得像一股激流，直奔胸口。他没顾上脱下帽子，站在房子中间，眯缝起眼睛，一个劲儿地直摇头。

“这么说，不知道是谁干的？喏，是啊……”

他慢慢地走到窗前，坐下后，将两条腿向前伸了出来。

“我曾经对他说过……官方来过了吗？”

“昨天来过了。是区警察局长。”

“喏，说了什么？”他问道，然后又自己回答说，“不用说，毫无结果！”

我对他说，区警察局长像往常一样，在库兹明那里停了一下，他下令将库库什金关进了看守所，因为他打了店老板库兹明一记耳光。

“是啊，喏，这有什么可说的呢？”

我到厨房给茶炊生火去了。

罗马斯喝茶的时候说：

“这些人真是可悲，他们总是杀害自己中间的佼佼者！可以说，是他们害怕这些人。正像这里的人们所说，这些人‘不对他们的脾胃’。当年我被押往西伯利亚的时候，有一个苦役犯对我说，他是个惯偷，专门从事盗窃活动，他们有一帮人，共五个。这时有一个人开口说：‘弟兄们，咱们不要再盗窃啦，偷来偷去，反正都一样，没有多大意思，日子照样不好过！’为此，他们趁这个人喝醉的时候活活把他给掐死了。讲故事的人对死者大加赞扬，说：‘后来我结果了那三个人的性命，毫不手软，可是对那一位伙伴，至今我还感到非常惋惜，他是个好人，聪明、开朗、心灵纯洁。’我问他：‘那你们为什么要掐死他，是怕他出卖你们吗？’他甚至生气了，说：‘不，他绝不会出卖我们的，给他多少钱他也不会出卖！只是因为觉得跟他合不来，想不到一块儿，我们大家都是有罪的人，好像就他一个人是正人君子，这样可不好。’”

霍霍尔站起身，把两只手往背后一抄，嘴里叼着烟斗，穿一件下摆拖到脚后跟的鞑靼式的白色衬衣，开始在屋子里踱来踱去。他光着脚，迈着沉重的步子，若有所思地低声说道：

“害怕正人君子，想把好人从生活中除掉，这种事我见得多了。对这种人有两种态度，要么先是对他们进行迫害，想方设法灭了他们；要么像狗一样盯住他们的眼睛，在他们面前俯首帖耳，唯命是从。这样做的人比较少。可是，向这样的人学习，以他们为榜样——他们一是做不到，二也不会去学。也许是他们不愿意学？”

他端起一杯已经放凉了的茶，说：

“可能是不愿意学！你们想嘛，大伙儿千辛万苦为自己建立起了一种生活方式，都已经习惯了，可忽然有那么一个人站出来进行反对，说不能这样生活！是不能够这样吗？可我们已经将我们最宝贵的精力都投入到这样的生活中了呀，见你妈的鬼去吧！于是，“啪”的一记耳光，打在了这位导师和正人君子的脸上。不要妨碍我们！可是现实生活的真理，毕竟是站在那些说‘不能这样生活’的人一边。真理在他们一边。而且是他们在推动生活向更好的方向发展。”

他朝书架挥了挥手，补充说：

“尤其是这些书！唉，如果我会写书那该有多好啊！可是我这方面不行，我的思想迟钝，没有条理。”

他坐到桌前，胳膊肘撑在桌子上，双手抱着脑袋，说：

“伊佐特多可惜呀……”

然后他沉默了很久。

“喏，我们睡觉去吧……”

我回到阁楼自己的住处，坐在窗户边。田野的上空，一道道闪电，照亮了半个天空。当清澈、火红的闪电划过天空时，月亮仿佛被吓得胆战心惊，瑟瑟发抖。狗，撕心裂肺地号叫着，狂吠着。若不是这些狗的叫声，我很可能以为自己是生活在一座荒无人烟的孤岛上呢。远处雷声隆隆，一股烦人的闷热气流，从窗外扑面而来。

伊佐特的尸体就躺在我的面前，停放在岸边的柳树丛中。他那发青的脸仰面朝天，一双无神的眼睛深深地陷进眼窝里。金黄色的胡须被粘在一起，成了乱糟糟的一团，胡子下面是一张张着的嘴，显得很惊讶的样子。

“最主要的，马克西梅奇，就是善良与情谊！我喜欢过复活节[1]，就因为它是一个最讲情谊的节日！”

伊佐特那两条发黑的腿已经被伏尔加河的河水冲刷得干干净净，被炎热的太阳晒干了的蓝色裤子紧紧贴在他的腿上。苍蝇在这位渔民的脸上嗡嗡乱飞，他的尸体发出一股臭烘烘的难闻的气味。

楼梯上传来了沉重的脚步声。罗马斯弯腰走进门来，然后将胡子拢在一起，坐到了我的床上。他说：

“我呀，知道吗，要结婚了！真的。”

“对于一个女人来说，这里有很多难处……”

他仔细瞧着我，好像在等着，我对此能说些什么。但我不知道该说什么。一道闪电的余光照进了室内，把整个房间照得通亮。

“我要娶玛莎·杰连科娃……”

1　复活节，犹太教为逾越节，犹太教和基督教春天的节日。

我不禁露出了微笑，因为此前我从未想到有人会称这个姑娘为玛莎[1]。这太有意思了。我不记得她的父亲或者兄弟以前是否这样称呼过她——玛莎。

“您笑什么呢？”

“没什么。”

“您以为，对她来说，我太老了吗？”

“噢，不！”

“她告诉过我，说您爱上过她。”

“好像是的。”

“那么现在呢？事情过去了吗？”

“是的，我想是这样。”

他的手松开了手中的胡子，低声说道：

“在您这个年纪，这种事往往只是‘好像’，可是到了我这个年纪，已经不是什么好像不好像了，而是干脆抓住一切不放，什么都不能再考虑了，没有精力了！”

这时，他嘿嘿一笑，露出了结实整齐的牙齿，继续说：“安东尼[2]之所以在亚克兴战役[3]中败给了恺撒·屋大维[4]，那是因为他放弃

1 玛丽亚的小名。

2 安东尼（公元前82—公元前30），又译安敦尼，古罗马统帅、政治家，恺撒的部将，屡建战绩；后与埃及女王克娄巴特拉结婚，遭元老院反对，公元前31年与克娄巴特拉一起败于屋大维，逃回埃及，因绝望自杀于亚历山大里亚。

3 亚克兴战役，古罗马屋大维（奥古斯都）与安东尼的一次大决战，发生于公元前希腊阿卡那尼西亚北隅的亚克兴海角，结果屋大维大败安东尼。

4 恺撒·屋大维（公元前63—公元14），公元前27年在罗马称帝，元老院奉以“奥古斯都”（拉丁文有“神圣者”“至尊者”之意）的尊号，后人即以此称之。亚克兴战役的胜利，使他成功结束了恺撒（约公元前100—前44）死后古罗马的内战局面。

了自己的舰队和指挥，乘坐自己的舰船，去追随克娄巴特拉[1]，而这位女王则被吓坏了，退出了战斗——瞧，竟有这样的事！”

罗马斯站起身，伸了个懒腰，好像很不情愿似的，重又说了一遍：

“就这么着，我要结婚啦！”

“很快吗？”

“秋天。等苹果摘了之后。”

他走了。出门时他根本用不着把脑袋弯得那么低，而我则躺下睡觉了，心想，如果秋天我离开这里，也许会更好一些。他为什么要提安东尼呢？这一点我很不高兴。

已经是采摘早熟品种苹果的时候了。今年的苹果是大丰收，树上硕果累累，树枝被果实压得都快垂到地上了。果园里花香四溢，孩子们吵吵嚷嚷，他们在地上捡拾那些被虫蛀和被风吹落的发黄与发红的苹果。

八月的头几天，罗马斯从喀山运回一船的货物和其他装得满满的箱子。那是一个普通的早上，八点钟的样子。霍霍尔刚穿好衣服，洗过脸，正准备喝茶，他高兴地说：

“夜间在河上行船可真不错……”

忽然，他用鼻子闻了闻，担心地问：

“是不是有一股糊味？”

刚好这时院里传来了阿克西尼娅的喊叫声：

1 克娄巴特拉（公元前69—前30），埃及末代女王（公元前51年起），属托勒密王朝。据传，她才智过人，还有绝代佳人之称，权势欲极强，称王之后，自恃权重，为所欲为，被罗马元老院宣布为“祖国之敌”，亚克兴战役失败后，为避免当俘虏的命运，最后自杀（据说是让毒蛇咬死的）。她的形象在莎士比亚、萧伯纳等艺术家的作品中都有所描绘。

“着火啦！”

我们赶紧跑到院子里——菜园那边的板棚墙壁起火了，板棚里我们存放了煤油、焦油和食用油。有几秒钟的时间，我们完全被惊呆了，眼睁睁地看着在阳光照耀下有些发黄的火舌，在迅速地吞噬着墙壁，直往棚顶上蹿。阿克西尼娅提来了一桶水，霍霍尔马上把水泼向正在熊熊燃烧的墙壁，然后他放下水桶，说：

“见鬼！马克西梅奇，赶紧把油桶滚出来！阿克西尼娅，快去店里叫人呀！”

我迅速将一桶焦油滚到院子里，再滚到街上，然后又去推煤油桶，但是当我刚把它调转过头来——原来桶盖是开着的——煤油一下子流到了地上。就在我急着找桶盖的时候，那火可不等人，一道道火苗已经穿过板棚的木板墙，烧到棚顶上去了，只听见噼噼啪啪一片声响，仿佛是嘲笑人的歌声。我把这已经不满的一桶煤油推出来后，只见有许多妇女、儿童从四面八方跑来，满大街地乱窜，而且边跑边喊，一通尖叫。霍霍尔和阿克西尼娅把货物从店里搬出来，放进峡谷里，这时，街上站着一位老太婆，黑衣服，白头发，正在用拳头威吓人，尖声喊道：

“哎——呀——呀，你们这些魔鬼啊！”

我再一次跑进板棚，发现那里已经是浓烟滚滚，烟雾中只听见噼噼啪啪地乱响，几条弯曲扭动的红色火舌沿着棚顶蜿蜒而下，这时，板棚的墙壁已经被烧成了一张火红的筛子。浓烟熏得我透不过气来，眼睛什么都看不见。我竭尽全力，把油桶推到板棚门边，可是油桶在门口被卡住了，往前推不动了，棚顶上的火星纷纷落下来，直烫着我的皮肤。我喊着要人来帮我一把，这时霍霍尔跑了过来，一把抓住我的手，把我拖到了院子里。

“快跑！要爆炸了……”

他向过道里跑去，我紧随其后，上了阁楼，那里放有我的许多书籍。我把书从窗口里扔了出去，还想再把一箱帽子也扔出去，但是窗口太小了，箱子过不去，于是，我开始用半普特重的一个哑铃使劲砸窗框，但这时只听见轰隆一声，棚顶剧烈地震动了一下，我明白，这是煤油桶爆炸了，我头上的板棚顶烧了起来，噼噼啪啪地乱响，红色的火苗从窗户边蹿过去，直往里面探头，我被烤得实在难以忍受。我向楼梯跑去——滚滚浓烟，迎面扑来，红色的火舌正在沿着楼梯往上爬，而楼下过道里一片杂乱的响声，好像是谁的铁嘴钢牙在啃咬木头似的。我完全没了主意。我被熏得喘不过气来，眼睛也睁不开了，有几秒钟的时间，我站在那里，呆若木鸡——真是无限漫长的几秒钟啊。这时，有一张黄面孔，红胡子，在楼梯上方的气窗口往里张望了一眼，但他只是将嘴巴一撇，立刻又不见了。就在这个时候，血红的火苗子，像一根根长矛，把棚顶全都烧穿了。

只记得，当时我头上的头发，好像发出一种咝咝的响声，此外我就听不见别的什么声音了。我知道，我已经完了，我两腿直发沉，而且眼睛非常疼，尽管我一直在用手护着。

求生的本能让我急中生智，想出一条唯一的逃生之路：我立刻抱起褥子、枕头和一捆麻绳，把罗马斯的羊皮袄往头上一蒙，从窗口里跳了出去。

我醒来的时候是在峡谷边上，罗马斯蹲在我面前，冲我大声喊道：

“怎么样啦？”

我站起身，呆呆地眼看着我们的小木屋被一点一点地化为灰烬，整个房子完全被大火吞没了，鲜红的火焰，像狗的舌头似的，舔着房前黑色的土地。各个窗口黑烟滚滚，屋顶上蹿出许多摇摆不定的黄色火苗。

“喏，怎么样？”霍霍尔喊道。他满头大汗，一脸的油子，哭得泪人似的，惊魂未定地直眨巴眼睛，湿漉漉的胡子上粘了许多树皮屑。一种由衷的喜悦在我的心中油然而生——这是一种多么巨大而强烈的感情啊！后来，我感到左脚一阵剧烈的疼痛，我躺下来，对霍霍尔说：

“我一只脚脱臼了。”

他摸了摸我的脚，然后突然往外一拽，我感到一阵钻心的疼痛，可是几分钟后，我简直感到喜出望外，我可以稍微跛着点腿，把抢出来的东西慢慢往浴室里搬了，这时，罗马斯嘴里叼着烟斗，高兴地说：

“我相信，要是煤油桶一爆炸，油溅到房顶上，准会把您烧死。当时火势很猛，火光冲天，天空里笼罩着蘑菇云，整个房子立刻陷入一片火海。我想，唉，这下马克西梅奇算是完了！”

像往常一样，他已经平静了下来，把东西归拢得整整齐齐，码放成一堆，然后对蓬头垢面、一身脏兮兮的阿克西尼娅说：

“您坐在这儿，看着东西，别让人偷走了，我去救火……”

一些白色的纸片在峡谷上空的烟雾里随风飘扬。

“唉，”罗马斯说，“这些书，简直太可惜了！真叫人舍不得……”

已经烧毁了四座房子。这一天，风平浪静，火势烧得非常从容，不慌不忙地向左右蔓延，那灵敏的火舌，好像很不情愿似的攀上篱笆，直达房顶。大火像烧红了的火篦子，在梳理着棚顶的干草，一道道火苗，像弯曲的手指，在篱笆上不停地跳跃，好像在拨弄古斯里琴[1]的琴弦；烟雾中传出大火那恼人的幸灾乐祸的狂热歌声和木头被烧成灰烬前所发出的几乎很柔和、细微的噼啪声。金色的“火乌鸦”从浓浓的烟雾中飞到大街上，落到院子里。农民和农妇们手忙脚乱地乱作一团，各人只关心自己的事，没完没了地大声喊叫着：

“拿水来！”

水，离这里很远，在山下的伏尔加河里。罗马斯很快把农民们集合成一堆，然后又是拉，又是推，最后把他们分成两拨，让他们赶快去拆除篱笆和火场两边的房屋。人们老老实实地听从他的指挥，开始和那眼看就要吞噬“整排”房屋乃至整条大街的肆无忌惮的大火，展开了更加理智的斗争。不过这些人干起活来仍然是缩手缩脚，前怕狼，后怕虎，而且不知为什么，不抱任何希望，好像在为别人干事儿一样。

我心里非常高兴，觉得自己从没有像现在这样充满了劲头。在大街的一头，我看见村长和库兹明领着一帮有钱的人站在那里，他们像看热闹的观众一样，什么都不干，只是挥动手杖，指手画脚地瞎嚷嚷。农民们骑着马，从田野里飞奔而来，两只胳膊肘挖得齐耳朵高，妇女们迎着他们，号啕大哭，小孩子们则到处乱跑。

又有一家院子里的厢房烧起来了，必须赶快拆掉牲口棚那边的篱笆墙，因为它是用粗树条编成的，红彤彤的火苗已经蹿了过来。农民们赶紧去砍篱笆墙上的木桩，火星、火炭纷纷落在他们

1 俄国古代一种多弦的弦乐器，类似于中国的古筝。

的身上，吓得他们迅速闪到一边，急忙用手去摩挲已经被烧煳了的衬衫。

“不用害怕！”霍霍尔喊道。

他的喊叫声不起作用。这时他从别人头上摘下一顶帽子，把它往我头上一扣，说：

“您从那头砍，我从这头砍！”

我砍倒一根，又砍倒一根，篱笆墙开始摇晃起来，这时，我爬上篱笆墙，扒住墙头，霍霍尔拽住我的腿，使劲往自己这边拉，于是，整堵篱笆墙便倒了下来，差一点没把我的脑袋埋住。农民们齐心协力地把篱笆墙拖到了街上。

“烧伤了吗？”罗马斯问道。

他的关心使我顿时感到力量倍增，干得就更欢了。我想在这个我很尊敬的人面前露上一手，于是，我像疯了似的拼命地干，只希望他能够多夸奖我几句。可是，在浓浓的烟雾中，我们那些书散落的书页，像鸽子一样，一直不断地在空中飞舞。

右边的火势已经被控制住，不再蔓延了，可是左边的仍然在继续蔓延，而且面积越来越大，已经波及第十家了。罗马斯留下一部分农民，监视狡猾的火情，他自己则带领大部分人向左边跑去。当他从那帮有钱人身边经过时，我听见有人恶狠狠地喊着：

“就是他放的火！”

店老板则说：

“应该去他的浴室看一看！”

这些刺耳的话，我很难忘记。

众所周知，兴奋，尤其是高兴，能使人力量倍增。当时我非常兴奋，所以拼命地去干，完全忘掉了自己，最后一直干到精疲力竭。只记得当时我坐在地上，背靠着一个什么热烘烘的东西。罗马斯在用水桶往我身上浇水，农民们围住我，满怀敬意，啧啧称赞道：

“这孩子真了不起！”

“还真没看出来……”

我的头紧紧靠在罗马斯的一条腿上，不好意思地哭了起来，而他则抚摸着我湿淋淋的脑袋，说：

“好了，休息休息！”

库库什金和巴里诺夫——两个人被火熏得跟鬼一样，他们把我领到峡谷里，安慰说：

“没关系，老弟，一切都结束了。”

“吓坏了吧？”

我还没有来得及躺一会儿，缓过劲儿来，就看见那十来个“有钱人”朝峡谷我们浴室这边走来，为首的是村长，他身后是押着罗马斯的两名乡村警察。罗马斯没有戴帽子，打湿的衬衫袖子也被扯掉了；他嘴里叼着一只烟斗，沉着个脸，样子非常可怕。退伍兵科斯京挥动手里的木棍，怒不可遏地狂叫着：

“把他扔进火里去，这个异教徒！”

“把浴室门打开……”

“把锁砸了吧，钥匙弄丢了。”罗马斯大声说。

我一下子跳起来，就地捡起一根木棒，和罗马斯肩并肩地站在一起。两名村警察闪到了一边，这时，村长尖着嗓子惊慌失措地说：

“东正教徒，是不允许砸锁的！”

库兹明指着我，喊道：

"还有这个人……他是什么人？"

"放心吧，马克西梅奇，"罗马斯说，"他们以为是我把货物藏在浴室里了，因此，是我自己放火烧的店铺。"

"是你们两个！"

"砸！"

"东正教徒们……"

"由我们负责！"

"我们负责……"

罗马斯小声跟我说：

"您站在我身后，和我背靠背！以防他们从背后进行袭击……"

浴室的锁被砸开了，几个人蜂拥而入，但几乎立马便退了出来。我呢，趁这个机会，赶紧往罗马斯手里塞过去一根木棒，我自己则从地上又捡了一根。

"什么都没有……"

"什么都没有？"

"好哇，这帮魔鬼！"

有人胆怯地说：

"白看了，农民们……"

针对这句话，有几个人，像喝醉了酒似的，狂怒地质问道：

"什么？白看了？"

"把他们扔到火里去！"

"捣乱分子……"

“竟然还想成立什么劳动合作组织[1]！”

“是一伙窃贼！而且是结成帮的窃贼！”

“别说了！”罗马斯大声喊道，“喏，你们都看见了，我浴室里并没有藏匿什么货物，你们还要干什么？东西全都被烧了，剩下的全在这里了：都看见了吗？把自己的东西放火烧掉，这对我有什么好处？”

“要保险费呀！”

这时，十几个声音又狂怒地喊了起来：

“他们几个人有什么可看的？”

“够啦！我们受够了……”

我两腿发抖，眼睛发黑。透过浅红色的烟雾，我看见一副副凶狠狰狞的面孔，看见他们一张张胡子拉碴的大嘴；我强压怒火，才没有去狠揍他们。可是他们围着我们，又是吼，又是跳。

“哈，还拿着木棒呢。”

“拿着木棒，是吗？！”

“他们要扽掉我的胡子了，”霍霍尔说，这时我觉得他在冷笑，“您呀，马克西梅奇，同样也跑不了。唉，这叫什么事儿呀！不过，要保持冷静，要稳重……”

“瞧呀，那个年轻人还带着斧子呢！”

我裤腰里确实别了一把木匠用的斧头，我把这碴儿给忘了。

“他们好像是胆怯了，”罗马斯心里想，“不过，如果要发生什么情况，您可不要抡斧头……”

一个不认识的矮个子、跛腿农民，走起路来连蹦带跳的，样

1　一种为从事共同经济活动而自愿结合的合作组织，基本上是将同一行业组织起来，进行活动，如农业劳动合作组织、渔业劳动合作组织等。

子非常滑稽。他扯着尖嗓子，愤怒地喊道：

“从远处用砖头砸他们！砸坏了由我兜着！”

他还真的捡起了一块砖头，抡起胳膊，对准我的肚子扔了过来，我还没有来得及还手，库库什金从高处，像饿鹰扑食似的，一下子就把他掀翻在地，于是他们两个人抱在一起，滚到了峡谷里。潘科夫、巴里诺夫、铁匠，还有十来个人，急忙跟了过去，这时，库兹明大模大样地说：

“你呀，米哈伊洛·安东诺夫，是个聪明人，你明明知道，大火会使农民发疯的……”

“咱们走，马克西梅奇，到岸上的小酒店去。”罗马斯说着，把烟斗从嘴里拿出来，迅速装进裤子口袋。他拄着一根木棒，疲惫不堪地从峡谷里爬上来，库兹明就在他身边，当时库兹明跟他说了句什么话，罗马斯连看都不看他一眼，回答说：

“滚开，蠢货！”

在我们店铺原来的地方，还有一堆燃烧殆尽的金黄色的炭灰，中间是个炉子，一缕灼热的淡淡的青烟，从依然完好的烟囱里冉冉升起。被烧得通红的床架子像蜘蛛腿似的伫立在那里。已经烧焦了的两个门框，就像两个穿黑衣服的士兵，守卫在火堆旁；其中一个门框上头还戴着一顶仍在燃烧的红彤彤的炭火帽，看上去很像一只大公鸡的鸡冠子。

“书都被烧掉了，”霍霍尔叹道，“这太令人伤心了！”

孩子们像赶小猪似的用木棍把燃烧殆尽的、大一点的木块拨弄到街上的脏水沟里，它们先是发出一阵咝咝的响声，接着便熄灭了，同时冒起一股刺鼻的、乳白色的烟雾。一个四五岁的小男孩——黄头发，蓝眼睛——正坐在一个暖洋洋的黑水洼里，用一根木棍敲打一只压扁了的小铁桶，而且专心致志地倾听着那小铁桶发出的声音。遭受火灾的人们走起路来，满面愁容，他们把抢救出来的家用物品，慢慢收拢在一起。妇女们又是哭，又是骂，为几块烧剩下的木头而争吵不休。火场后面的果园中，一棵棵树木伫立在那里，岿然不动，许多树木的叶子已经被烤黄，硕果累累的红苹果，显得更加醒目了。

我们来到河边，下去洗了个澡，然后在岸边的小饭馆里默默地喝着茶。

“土财主们在苹果这件事情上算是栽了。”罗马斯说。

潘科夫走了过来，一副若有所思的样子。他比平时变得温和了一些。

“老弟，怎么办呢？”霍霍尔问道。

潘科夫耸了耸肩膀，说：

“我的房子上了保险。”

奇怪的是，大家都不吭声，好像互相不认识似的，彼此看着，投以试探的目光。

“米哈伊尔·安东内奇，现在你打算怎么办呢？”

“我得考虑一下。”

“你应该离开这里。”

“看一看再说。”

“我倒有个主意，”潘科夫说，“走，我们出去谈谈。”

我们起身往外走。走到门口，潘科夫转过身来，对我说：

“你的胆子可不小啊！你在这里可以生活下去，他们会怕你的……”

我也上到了岸上，躺在灌木丛中，眺望着河水。

虽然太阳已经落山，但天气还是很热。我在村里所经历的一切，宛如一幅宽大的画卷展现在我的面前，就像是在河面上绘制的一幅彩色画。我忧心忡忡，愁肠百结。但很快我就感到疲倦至极，于是便酣然入睡了。

“喂，”梦中只听见有人在喊叫，并感到有人在摇晃我，把我往什么地方拽，“你难道死了吗？醒醒呀！”

一轮明月悬挂在河对岸草地的上空——大大的，红红的，宛若一个大车轮。是巴里诺夫弯着腰在摇晃我。

“快走，霍霍尔在找你，正在着急呢！”

他跟在我身后，嘴里埋怨说：

“你也不能够逮哪儿睡哪儿呀！要是有人从山上路过，不小心踢着一块石头，掉下来砸着你呢！再说了，要是有人想成心砸你呢。在我们这里，人们可不闹着玩。我的好兄弟，这里的人可爱记仇了。除了记仇，别的他们没什么可记的。”

岸边灌木丛里有人在悄悄走动，因为有树枝在轻轻地摇晃。

“找着了吗？”米贡大声问道。

“领回来了。”巴里诺夫回答说。

走了十来步的样子，巴里诺夫叹了口气，说：

“打算偷着去捕鱼。米贡的日子过得也很不容易。”

罗马斯看到我时，气鼓鼓地责备说：

“您怎么能到处乱跑呢？想挨揍，是不是？”

当只剩下我们两个人时，他沉着脸，小声跟我说：

“潘科夫想让你留在他身边。他打算开个小铺。我不劝你留在这里。事情是这样的，我已经把剩下的东西统统都盘给了他，我要到维亚特卡[1]去，过些时候，我会写信给你，请你到我那儿去。怎么样？”

“我得想一想。”

“那您就想想吧。”

他躺在地板上，辗转反侧一会儿后便不出声了。我坐在窗边，望着伏尔加河。月光映照在河面上，使我想起了火灾时的熊熊烈火。一艘拖轮沿着绿荫如画的岸边航行，拖轮的轮叶沉重地拍打着水面，发出啪嗒啪嗒的响声。船上的三盏桅灯，在黑夜中缓缓而动，时而与星星擦肩而过，时而又完全挡住了它们。

“您是不是生农民的气了？”罗马斯睡眼惺忪地问道，“用不着生他们的气。他们只不过是愚蠢而已。怨恨就是愚蠢。”

他的话并没有使我得到安慰，也未能减轻我心中的愤恨情绪和强烈不满。那一张张胡子拉碴、野兽般的大口，就浮现在我的眼前，他们凶神恶煞般地狂叫着：

“从远处用砖头砸他们！”

这时候，我还没有学会把应该忘记的东西完全忘记掉。是的，我看得出，这些农民，就单个而言，他们每个人身上并没有那么多的怨恨，而且常常压根儿就没有什么怨恨。实际上，他们只是一些很善良的原始村民，要让他们任何一个人露出孩子般的笑容并不难，任何一个人都会像孩子一样信任地听你讲关于寻找智慧和幸福的故事，听你讲有关英雄人物的丰功伟绩。这些人有一种奇怪的心理，凡是能够激发人们去幻想、可以按照自己的意愿过上好日子的一切故事，他们都会听得有滋有味，而且认为这

1　维亚特卡河的港口城市，1934年起改为基洛夫市。

种故事非常难能可贵。

但是，当这些人在村会上或者岸边小饭铺里一窝蜂似的凑在一块儿时，他们把自己身上一切好的东西不知藏到哪儿去了，就跟神父披上虚假与伪善的长袍一样，对有钱有势的人，像狗一样地摇头摆尾，百般逢迎——那种样子看着都叫人恶心。有时候，他们突然又会变得像狼一样凶狠，毛发倒立，龇牙咧嘴，野蛮地互相吼叫，甚至不惜大打出手——而且也真打，起因不过是一些鸡毛蒜皮的小事。在这种时刻，他们变得非常可怕，甚至会捣毁他们昨晚还像绵羊回到羊圈时那样老实出入的教堂。他们当中，有诗人和讲故事能手，可是没有人喜欢他们。他们成了村里嘲笑的对象，无依无靠，被人瞧不起。

我无法跟这些人在一起，也不可能生活在他们中间。在我和罗马斯分手的那天，我把自己这些痛苦的想法都对他说了。

“你的结论为时尚早。”他责备地说。

“但结论一旦下了，又能有什么办法呢？”

“这是一个错误的结论！缺乏根据。”

他费了好长时间，苦口婆心地规劝我，说我这样想是不对的，说我错了。

“别急着去谴责他人！谴责人是最简单不过的事，不要热衷于这一点。看待一切事物要平和冷静，要牢记住一点：一切都会过去的，一切都在向好的方面变化。嫌慢吗？但是非常牢靠！要到处去看看，对什么事都要亲自感受一下，要无所畏惧，但就是不要急于谴责别人。再见啦，好朋友！”

我们再次见面，已经是十五年以后的事了[1]，是在塞德列茨。当时罗马斯因“民权党人”[2]一案，在雅库特地区已经又度过了十年的流放生活。

罗马斯离开克拉斯诺维多夫村后，我心里沉重极了，非常苦闷，我在村子里东游西荡，惶惶不可终日，像一条丧家犬。我和巴里诺夫一起，到各村去给有钱的农户干活，打小麦，刨土豆，收拾园子。我就住在他的浴室里。

“列克谢·马克西梅奇，你一个光杆司令，以后怎么办呀，啊？”一个雨夜里，巴里诺夫问我。“咱们明天出海去好不好？说真的！待在这儿有什么意思呢？这儿的人不喜欢咱们这样的哥们儿。再说了，说不定什么时候我们会栽在哪个醉鬼手里……”

这样的话，巴里诺夫已经不是头一次说了。不知为什么，他也感到非常苦闷，总是无精打采地耷拉着两只长臂猿似的胳膊，垂头丧气地东张西望，好像在森林里迷失了方向似的。

雨不断地敲打着浴室的窗子，雨水沿着浴室的一角，哗哗地往下流，一直流向峡谷深处。这是今年的最后一场大雨，微弱的闪电不时发出惨淡的白光。巴里诺夫小声地问我：

“去吗，啊？明天？”

1 1902年9月24日高尔基在信里写道：“我今天高兴极了！霍霍尔从雅库特回来了——就是那个我跟他卖过苹果的人。知道吗，这个人好极了，非常坚强！”（见《高尔基文集》30卷集，第28卷，270页）

2 民权党是俄国19世纪80年代的一个小资产阶级革命民主组织，1893年9月在萨拉托夫举行成立大会，其宗旨是：联合革命力量和反动势力斗争，推翻沙皇封建专制制度。在许多地方建立了民权党小组，出版《斗争报》，进行宣传。1894年4月大部分成员遭沙皇政府逮捕。

我们去了[1]。

秋天的夜晚，能够畅游伏尔加河，别提有多么美了。我坐在驳船的船尾，离船舵不远，掌舵的是一个一头乱发的大怪物，脑袋特别大，他一面掌舵，一面在甲板上跺着他那笨重的双脚，而且呼哧呼哧地喘着粗气，嘴里喊着：

“噢——喔！噢——罗——喔……”

船后，河水像丝绸般地缓缓流去，轻波细纹，泛起微微的涟漪，河水黑中有亮，一眼望不到边。河道上空是一团团秋天的乌云。周围的一切，只是黑暗在慢慢地移动，它使人看不清岸边在哪里，仿佛整个大地都融化在黑暗之中，变成了烟雾与河水，滔滔不绝地向下游流去，流向荒无人烟的什么地方，那里既没有太阳，也没有月亮和星星。

在我们的前方，一艘看不见的拖船，在潮湿的黑暗中，正在吃力地向前挣扎着，艰难地喘着粗气，仿佛一心要摆脱把它往后拖的强大的拉力。船上有三盏灯——两盏靠近河面，一盏高悬在它们之上——它在为拖船指引着航向；离我不远处，还有四盏灯，像金鱼似的在乌云下面游来荡去，其中有一盏，是我们驳船上的桅灯。

我感到自己好像被装在一个冷冰冰的油瓶里了，它沿着一个斜面，在慢慢地往下滑，而我就像一个小虫子被困在了里面。我觉得，当滑动渐渐放慢，以至完全停止不动的时候，轮船便不再突突地响了，轮叶也不再拍击那浑浊的河水了，所有的声音都消

1　喀山宪兵司令部1889年10月13日的档案材料说：“1888年9月高尔基从克拉斯诺维多夫村返回喀山，同月底，离开喀山，去向不明。”

失了，就像树叶从树上落下来，粉笔字被擦去了一样。这时，我周围的一切，绝对是静止不动，悄无声息的。

那个在船舵旁走来走去，穿一件破羊皮袄，戴一顶毛茸茸的羊皮帽的大个子舵手，像着了魔似的，站在那里，一动不动，已经不再“噢——喔！噢——喔……”地吆喝了。

这时我问他：

“你名字叫什么？”

“你管得着吗？”他声音低沉地回答说。

太阳快要落的时候，我们从喀山起航，我发现这个人像狗熊似的笨手笨脚，一脸胡子拉碴，毛茸茸的，眼睛都快看不见了。他站在船舵旁，把一瓶伏特加酒倒在一个大木勺里，像喝水一样，两口便喝完了，然后才开始吃苹果。当拖船一拉动驳船，这个人便紧抓住舵杆，朝火红的落日看了看，脑袋一晃，态度严厉地说：“老天会保佑我们的！”

轮船拖着四艘驳船，从下诺夫戈罗德的市场起航，载着各种铁器、成桶的砂糖，还有一些很重的木箱子，向阿斯特拉罕一路进发——所有这些东西，都是要运往波斯[1]的。巴里诺夫踢了踢这些木箱子，用鼻子闻了闻，然后想了一下，说：

“没错，是枪支，是伊热夫斯基[2]的工厂生产的……”

可这时舵手用拳头在巴里诺夫的肚子上捅了一下，问道：

“这关你什么事？”

“我是想……”

1 即现在的伊朗，1935年以前叫波斯。

2 俄罗斯城市，1918年设市，坐落在伊日河畔，工业重镇，国家兵工厂所在地，为乌德穆尔特自治共和国（1934）首府。

“你是想挨揍，是不是？”

乘客轮，我们付不起钱，让我们上驳船，是因为“可怜”我们，尽管我们和别的水手一样，还得“值班”，但驳船上人人都把我们当叫花子看待。

“而你总是张口闭口的‘人民’长，‘人民’短，”巴里诺夫抱怨我说，“可这里的道理很简单，谁有钱，谁就可以骑在别人头上，作威作福……”

眼前一片漆黑，根本看不见驳船，只能看见烟雾中被桅灯照亮的尖尖的桅杆。烟雾里散发出一股石油的气味。

掌舵人一直板着个脸，一言不发，这使我感到非常厌烦。水手长派我到驾驶舱“值班”，目的是要帮助这头野兽。他紧盯住桅杆上灯光的动向，转弯的时候则低声对我说：

“喂，把稳舵！”

我从甲板上一跃而起，赶紧转动舵杆。

“可以了。”他嘟哝着说。

我又坐回到甲板上。想跟这个人随便聊聊，根本不可能。他总是反问我：

“你问这干什么？”

他在想些什么呢？当驳船驶过卡马河的黄水，和伏尔加河的青灰色的洪流两相交汇的地方，他向北看了看，嘴里嘟哝着说：

“王八蛋。”

“你骂谁呀？”

他没有回答。

从很远的地方，在无尽的黑暗中，传来了狗的狂叫声。它提醒人们，生命还没有完全被黑暗所窒息，还有一息尚存。它仿佛来自遥不可及的远方，而且完全是多此一举。

“这里的狗都很差。”掌舵人突然说。

“这里是哪儿？”

“到处……我们那儿的狗才是名副其实的猛兽……”

“你是从哪儿来的？”

“沃洛格达省。”

这时，像土豆从破口袋里漏出来似的，他的一些扯淡话才陆陆续续地从他嘴里蹦了出来：

“他——跟你在一块儿的人是谁——是你叔叔吗？依我看，他整个是一个傻瓜。而我的叔叔可聪明了，人很厉害，十分有钱。在辛比尔斯克。他有一座码头，一家饭店。就在岸边。”

他这些话说得很慢，好像非常吃力，他用自己那双别人几乎看不见的眼睛，紧盯住轮船的桅灯，看它如何像一只金色的蜘蛛，在漆黑的网络中缓缓爬行。

“把稳舵，喏……识字吗？知不知道是谁制定的法律？”

没等我回答，他便接着说：

“各种说法都有，有人说是沙皇制定的；另外有人说是大主教、元老院制定的。如果我知道是谁制定的，我肯定会去找他的。我会对他说，你应该把法律制定得我想要打人都不行，更不用说真的去打人了！法律应该是铁面无情的。它像一把钥匙，把我的心牢牢给锁住，这样就好了！到那个时候，我就敢于负责！要是像现在这个样子，我不能负责！决不。”

他自言自语地嘟囔着，声音越来越低，话也越来越语无伦次，用拳头不断地捶打着木质的舵杆。

有人用话筒从轮船上向外喊话，那瓮声瓮气的声音，和消失在茫茫黑夜中的狗的狂叫声一样，同样显得十分多余。轮船两边是黑黢黢的河面，灯火的光照反映在河面上，像一块块黄色的油渍，光怪陆离，飘忽不定，它们在慢慢地融化，发出微弱的光芒，在照耀着什么。而我们的头顶上，彤云密布，冷雾缤纷，像河中的淤泥，又稠又黏。我们正在滑向黑暗无声的深渊。

掌舵人愁眉苦脸地埋怨说：

“为什么我到这儿来？我的心都不跳了……”

我觉得什么都无所谓，对一切都感到十分冷漠，心里十分苦闷，只想睡觉。

太阳还没有升起，黎明的曙光好不容易才小心翼翼地穿过乌云，它显得是那样微弱与苍白，它把河水染成了铅灰色，显露出了岸边发黄的灌木丛，锈迹斑斑的铁松及其黑压压的树盖，成排的村舍，还有像石雕一样的人的身影。一只海鸥，扇动着它那一对弯弯的翅膀，从驳船的上空，一掠而过。

我和掌舵人被替换下来后，我便钻到防水布下面睡大觉去了，但是没过多久——我这样觉得——一阵脚步声和喊叫声便把我吵醒了。我从防水布下探头一看，只见三个水手把舵手按在“办公室”的墙壁上，七嘴八舌地喊道：

“别这样，彼得鲁哈！”

“上帝会保佑你的，没关系！”

“你呀，算了吧！”

他交叉着双手，扒着自己的肩膀，站在那里，镇定自若，一只脚踩着甲板上的一个什么包袱，来回地看着他们几个，声音嘶哑地劝他们说：

“别再造孽了！”

他光着脚，没戴帽子，只穿一件衬衫和一条短裤，一团乱蓬蓬的黑发在头上支棱着，耷拉下来的头发，盖住了他那倔强的大脑门儿，只能看见他那布满血丝的两只小眼睛，它们露出祈求的、惶恐不安的目光。

“你会被淹死的！”他们对他说。

“我？绝对不会。弟兄们，放了我吧！不放我，我也要杀死他！等我一游到辛比尔斯克，我就……”

“算了吧！”

“哎呀，弟兄们……”

他慢慢地张开双臂，跪了下来，双手贴着“办公室”的墙壁，好像被钉在十字架上一样，他一再重复说：

“别再造孽了！”

在他那异常深沉的声音中，有一种令人震撼的东西，他张开的双臂，像船桨一样长，他双手颤抖着，伸向众人。他那张像熊一样胡子拉碴的脸也在颤抖，一双像鼹鼠一样小而无神的眼睛，瞪得像两颗黑珠子似的，那样子就像有一只无形的手在卡住他的喉咙，使他透不过气来。

几个农民默默地向后退去。他笨手笨脚地从地下站起身，捡起包袱说：

“好啦，谢谢了！”

他走到船头，动作出人意料地敏捷，一个纵身，跳进了河里。我急忙跑到船头，只见彼得鲁哈一面晃动着脑袋，一面把自己的包袱当帽子顶在头上，斜着向对面的沙土岸边一路游去。岸边的灌木丛被风吹得向下弯曲着，像迎接他似的，把黄灿灿的叶子撒向水中。

农民们说：

“他毕竟是战胜了自己！”

我问道：

“他疯了吗？”

“为什么疯了？不，他没有疯，他这是为了拯救自己的灵魂……”

彼得鲁哈已经游到了一个浅水滩，那儿的水只有齐胸深；他把包袱举过头顶，摇晃了几下。

水手们大声喊道：

“再——见——啦！”

有人问：

“可是他没有身份证怎么办？”

一个红头发、罗圈腿的水手自告奋勇地对我说：

“他在辛比尔斯克那里有一个叔叔，对他非常坏，把他搞得倾家荡产，所以他一心想杀死这个叔叔，但是他又下不了手，于是便作罢了。彼得鲁哈确实像一头野兽，但是他心地善良！是个好人……”

这个善良的农民正沿着一条狭窄的浅沙滩往前走着，逆流而上，转眼间，他便消失在一片灌木丛中了。

水手们都是些心地善良的小伙子，他们和我都是同乡，是在伏尔加河边土生土长的人。到了晚上，我和他们在一起就跟一家人似的。但是第二天我发现，他们看我的时候总是黑丧着个脸，一副不信任的样子。我马上就猜想到，准是巴里诺夫这个幻想家鬼迷心窍，乱嚼舌头，不知向水手们讲了些什么。

“你讲什么了？”我问巴里诺夫。

他不好意思地直挠耳朵，一双女人般的眼睛露出了笑容，他承认说：

“是讲了一些！”

“我不是跟你说过，让你不要讲吗？”

“我确实也没有讲，可架不住那故事太有意思啦。本来是打算玩牌的，可是那个舵手把牌随身带走了，烦闷极了！所以我就……”

问来问去，原来是巴里诺夫为了解闷，胡编了一个非常可笑的故事，故事的结尾是：霍霍尔和我，作为古代的海盗，抡起斧头，跟一帮农民一通厮杀。

跟他生气毫无用处，只有在现实生活之外他才能够看到真理。然而，当我和他在一块儿，在去找活儿干的路上，我们坐在野外峡谷的边上，他曾经振振有词地、亲切地对我说：

“寻找真理必须要符合自己的心意！你瞧，峡谷对面有一群羊在吃草，狗来回不停地奔跑，牧羊人也走来走去。喏，那又怎么样？你我从这件事情上在内心里能够得到什么呢？亲爱的，你只用随便看看，坏人都是实实在在的，可是好人在哪儿呢？好人还没有生出来呢，没错！”

在辛比尔斯克，水手们很不客气地要我们离开驳船到岸上去。

“你们和我们在一起不合适。”他们说。

他们用小船把我们送上辛比尔斯克码头，于是我们在岸上晾干了衣服，那时我们兜里只有三十七个卢布。

我们到小饭馆里去喝茶。

“我们怎么办呢？”

巴里诺夫信心十足地说：

“什么‘怎么办’？继续往前走呀。”

我们用“逃票”的方法乘船到了萨马拉。在萨马拉，我们在一艘驳船上打零工，七天后，我们差不多很顺利地抵达里海海岸，在这里，我们来到卡尔梅克人经营的一个肮脏的卡班库尔-巴伊渔场，在一个小小的渔业合作社里找到了一份工作[1]。

1　关于高尔基和巴里诺夫在里海渔场工作的情况，《高尔基全集》（25卷集）第14卷，第626～627页有记载。

导 读

俄国现实生活的一面镜子
——高尔基成长的故事（郭家申）

一

高尔基（1868—1936）的自传体三部曲《童年》《在人间》《我的大学》，可以说是俄国文学史上一部难能可贵的纪实性系列小说，它真实详尽地记述了作者二十岁以前的坎坷经历，点点滴滴，连缀成篇，读来平实无华，感人至深。但就三部曲所蕴含的丰富思想和广阔艺术视野而言，它又不是一般传统意义上的自传体作品所涵盖得了的。作者在描述自己的生活的同时，鲜明地描绘出了俄国人民生活中整个一个时代和这个时代人的生活特点。

这种体裁的作品在俄国文学中并不鲜见，C.T.阿克萨科夫、Л.Н.托尔斯泰等先辈作家都曾经写过。但一般地说，他们的作品社会视野都比较狭窄，叙事往往只围绕主人公一个人展开，而且描写的对象也大都限于贵族。

高尔基的着眼点则不同，他几乎包揽了旧俄国的各个阶层，尤其是他所熟悉的“底层”人民，首先是写他自己，写他在各方面都格格不入的外公家的生活，写他离家出走，在外面流浪、打工，与人们的种种磕碰与切身感受。

阿列克谢的童年生活是短暂的；外婆死后，破了产的外公将他逐出家门。他投身社会，来到所谓“人间”。作家详细而生动地向我们勾勒出还是个孩子的阿列克谢的生活历程：先是在鞋店里“打杂”，后来又在亲戚家的制图作坊里当“学徒”，在轮船上帮厨；再后来又开始“攻读”自己的所谓“大学”：参加喀山地下革命小组活动，阅读地下读物，和所谓“生活导师们”进行交往，甚至还认识了俄国早期马克思主义者费多谢耶夫。“人间”的生活让阿列克谢从一个稚气未消的孩子慢慢成熟起来，逐渐形成了自己的世界观。

界定和分析一部自传体作品，恐怕首先应该着眼于两个方面：一是要看作品的基本生活素材来源，二是要看作者本人写作的主观思想出发点和作品所达到的客观效应。

阿克萨科夫生长在俄国农奴制下的贵族世家，他笔下的童年生活脱不开他自己的历史环境，他的记述充满着对贵族生活的留恋与痴迷，他对自己童年时仆人们如何侍候他、呵护他，讲起来是津津乐道，不厌其烦；字里行间无不透出对一去不复返的往昔的怀念。

列夫·托尔斯泰写自己的自传三部曲的时候，正是十九世纪五十年代，当时他已经是二十多岁的人了，思想已经成熟，他对自己因出身贵族在社会中所享有的特权地位已经相当不满，而且在其自传三部曲中对一切妨碍个性发展和精神自由的贵族旧礼教已多有批判。但他也只是批判批判而已。毕竟他和阿克萨科夫都出身贵族，其立场虽有明显的不同，但这种不同也只是相对而言。他们回想起“幸福的童年”时心里仍不免乐滋滋的。虽然托尔斯泰后来对贵族阶级的态度有了很大的变化，十九世纪末他甚至说：“我现在感到极大的痛苦，因为我想起了我过去过的卑鄙的生活，这些回忆使我于心不安，使我很难再这样生活下去。”毋庸讳言，托尔斯泰也说过自己的童年是“美好的”，那只不过是他和自己后来涉足贵族生活圈子后的“放荡生活”相比较而言，他对自己过去的贵族生活方式，应该说，还是持严厉批判态度的。

高尔基的情况就完全不同了。他的童年是不堪回首的。童年在他的记忆中只是“野蛮的俄国生活中的种种劣迹”。因此，他写三部曲时的思想起点就比较高，他把自己对过去的回忆是当作劳苦大众在争取自由幸福生活的斗争时的切身体会和教训来写的；他想表明，他之所以反对沙皇统治，反对地主资产阶级及俄国的社会、经济、道德制度，完全是现实生活本身所提出的要求，是历史发展之必然。他来自社会底层，生活在他们中间，长期和人民同生活，共呼吸；这也正是劳动者一直视高尔基为自己人，一直喜爱他的根本原因所在。

高尔基生活和成长的年代，正是俄国思想活跃、群英荟萃的时代；各种思想家、理论家层出不穷，都在磨砺以须，为当时的俄国把脉、开药方，有甚嚣尘上的斯拉夫派理论和咄咄逼人的西欧派观点，也有边宣传边实践的民粹主义和已经在迅速传播的马克思主义。1861年，沙皇政府为了缓和社会矛盾，继续维持其反动统治，被迫宣布放弃农奴制，实行改革，名义上给农民以“自由”，实际上从他们身上搜刮了巨额的“赎金”，同时抢走了他们原先耕作的大批良田，使他们的生活愈加贫困。但资本主义在俄国的迅速发展，资本家的压榨剥削，进一步激起了劳动者的反抗；农民起义，工人罢工，社会矛盾激化；沙皇政府加强了镇压。民粹派希望动员农民，对抗沙皇统治，发起“到民间去”的活动。随着资本主义在俄国的发展，工人阶级日益壮大，马克思主义在俄国传播，七十年代俄国就出现了一些“工人协会”；1883年普列汉诺夫在国外组建了俄国第一个社会民主党组织“劳动解放社”，宣传马克思主义，反对民粹主义。高尔基在《我的大学》中生动描写了1888年大伙在秘密阅读普列汉诺夫1884年发表的《我们的意见分歧》一书的情形。

其实，高尔基自传三部曲的基本思路，也正在于表现作者的思想成长乃至最后走上革命道路的心灵历程。这也就不难理解为什么高尔基在三部曲中要打破一般自传体作品的传统概念，不把人物描写局限在某一个特定的社会阶层，而是在不同程度上着眼于俄国社会的各个层面了。在世界文学发展史上，应该说，高尔基的自传三部曲翻开了崭新的一页；实际上，它不仅是作者二十岁前的生活传记，也是俄罗斯人民在一定历史发展条件下的生活纪实，其意义绝对非同寻常。

二

高尔基是1893年萌发写作自传三部曲的构思的，当时起的名字是《使我心灵蒙受创伤的事实和思绪》，但由于事情的耽误，也许是因为考虑得还不够成熟，写了几个片断便搁下了。十多年后，当高尔基重又构思这部作品的时候，物换星移，时过境迁，情况已经完全不同了。

1907年，高尔基去伦敦参加俄国社会民主工党第五次代表大会时，又见到了列宁。两年未见，这次相遇双方分外高兴，无奈会议日程太紧，无暇坐下来长谈。列宁答应高尔基，等大会结束后，他一定去卡普里[1]看望他。列宁兑现了自己的承诺。他们一起出海钓鱼，参观博物馆，两人海阔天空，无所不谈；高尔基回忆起自己的童年，父亲、外公、外婆，伏尔加河和自己的流浪生活……列宁兴致勃勃地听着，末了对高尔基说："您应该把这些全写下来，老朋友，应该写！这一切都是非常有益的，非常有益……"高尔基回答说："我一定写……总有一天会写的。"[2]

可是，当这一天终于到来的时候，高尔基已经是欧洲著名的无产阶级作家了，二十年的文学实践与革命活动，特别是和列宁的交往和所受的影响，在三部曲的创作中都有不同侧面和不同程度的反映。

《童年》是1913年创作的，于同年下半年和1914年初在《俄罗斯言论报》上发表。尽管它的宣传意味很重，但它还是非常真实地描绘了三四十年代所发生的事情，深切著明，时代性很强。《童年》中有这样一段话："一想到野蛮的俄国生活中这些令人感到压抑的种种劣迹，有时我会反问自己：这些事值得去谈吗？但每次我都满怀信心地对自己回答说：值得！因为这就是活生生的丑恶的现实，至今也还没有消亡。这种现实必须从根本上加以认识，以便把它从人们的记忆和心灵中，从我们整个痛苦与可耻的生活中连根拔除……尽管这种丑行令人反感，使我们倍感压

1 意大利第勒尼安海一岛屿，疗养盛地，1906—1913年高尔基在此居住。列宁1908和1910年两度来此探望高尔基。

2 见列宁：《论文学与艺术》（二）第904页。人民文学出版社，1960年。

抑，使许许多多心灵美好的人感到难以生活下去，但俄罗斯人的心灵毕竟还是健康和年轻的，他们正在消除，而且将来一定能够消除这种丑恶行径……一种光明的、健康的、富有创造性的力量，正在顺利地成长起来，人们善良的本性在增长，它唤起了我们恢复人类美好生活的永不泯灭的希望”。

这里谈到了旧俄国现实的两个方面：一是同什么进行斗争，而且要战胜它；二是在斗争中依靠什么。整个作品都建立在新旧两种事物的相互对比和矛盾冲突上。十九世纪七十年代，俄国落后的旧势力还是非常强大的，而代表新生力量的城市下层的小私有者还只是处在萌发阶段。但难能可贵的是，高尔基敏锐地看到了他们，并描写了他们跟旧势力艰苦的，但是大有希望的斗争。这也是高尔基不同于许多同时代作家的高明之处。

在高尔基童年的生活中，呈现在他面前的现实是截然不同的两副面孔——在父母身边的生活和在外公家的生活。后来，这种分裂的生活现实在高尔基的心目中变得越来越强烈，越互不相容；最典型的代表人物莫过于外公和外婆两个人了。

高尔基刚到外公家的时候就说：“无论大人还是小孩——我都不喜欢，我觉得我走在他们中间是个局外人，不知为什么，甚至连外婆也失去了光彩，跟我疏远了。我特别不喜欢的是外公，从他身上我一下子就感觉到了敌意，于是我格外地注意他，有一种畏惧的好奇心”（《童年》）。的确，是外公第一个鞭打小阿辽沙的，而且打后还说这都是为了他好，还说他自己挨过的打比他多多了，没有那些打骂就不会有他今天事业的成就。苦难的生活磨炼了他。三十年媳妇熬成婆；外公练就了一副六亲不认的铁石心肠；他认为人生在世，无时不在四面受敌，人与人只能以邻为壑，党同伐异，不可能成为真正的朋友。这就是外公的人生哲学。但外婆在阿辽沙的眼中就不同了。他说：“我一想到外婆，一切苦恼与委屈都离我而去，化为乌有，一切都变得比较有趣、比较愉快了；人们也变得更加可亲、可爱了……”（《在人间》）

外公和外婆性格迥异，他们各自的上帝也大相径庭。在外婆心目中，上帝是大慈大悲、通情达理、宽以待人、和蔼可亲的，她视上帝为知已，有什么心事都向他倾诉。实际上，这个上帝的原型就是她自己——真诚老实，仁爱慈祥。高尔基将人民身上的一切优秀品德都体现在她身上了。而外公心目中的上帝就不同了，他凶狠残酷，心胸狭窄，有强烈的报复心，显然带有外公自身的一些特点。“外公跟我讲上帝的威力无所不在时，他总是，而且首先是强调这种威力的严酷性：比如有些人造了孽——后来被洪水淹死了，又有些人造了孽——后来活活被烧死了，他们的城市也被毁于一旦；还有，上帝常用饥荒和瘟疫来惩戒世人，他历来都是悬挂在大地上方的一把宝剑，是惩罚罪人的鞭子”（《童年》）。他认为，既然上帝都是这样，为了发财致富，刻毒残暴一点也就算不了什么了；他连对几十年患难与共的结发妻子都毫不讲情义，老了老了竟狠心将她一脚踢开。这种丧心病狂的自私和吝啬，完全是他作为小私有主的贪婪心理的真实写照。一旦遭到破产的厄运，他会变得六亲不认，因为他自己就有过这种受人盘剥与被看不起的惨痛经历。世道如此，理所当然，要怪只能怪上帝了。可上帝又错在哪里呢？是人剥削人的社会制度使然。但是宗教毕竟还是有它自己的作用。在童年高尔基的心目中，外婆与外公是善与恶的两个象征，小茨冈在内心素质上更接近于外婆，但他时时处处受制于外公，而这一点最后终于毁了他，被活活砸死在沉重的十字架下。

除外公一家人外，童年的高尔基还认识许多在外面过流浪生活的人，其中就有长期为外公卖命，最后因双目失明被踢出门外，只能沿街乞讨的格里戈里师傅；在幼小的高尔基看来，外面的日子比家里更加贫困和严酷。但是他们家房客“好事儿”却有些与众不同，家里人都视他为“异类”，认为他是个“怪人”，不喜欢他，担心他把高尔基带坏了，因此决心把他赶走。事实证明，他对高尔基确实产生了一定的影响；书中有一句话正说明了这一点：“您瞧，我形单影只，孤身一人，没有任何亲友！”（《童年》）“好事儿”的这句话，深深打动了年幼的高尔基，使他产生了共鸣。

阿辽沙·彼什科夫一踏进外公的家，就感到和他们格格不入，这种感觉与日俱增，最后忍无可忍，只能一走了之，去寻找另外的世界。

三

1916年，高尔基将《在人间》全文发表在《编年史》杂志上；故事从1878年末一直写到1884年，正是作者10到16岁青春年少的时候。但这时高尔基面对的却不是学习和憧憬，他必须想尽办法，自谋生路，应付命运的挑战。为了填饱肚子，他不得不出去找活干，与各种各样的人打交道，这使他有机会近距离地接触他们，了解和体验他们的生活，所以，《人间》向我们揭示的不光是作者新的所见所闻，而且还告诉我们他这个涉世未深的小伙子的所思所想与切身感受。这个时段他所接触的人大致还是他外公家的人，但他已经能够分辨出他们每个人的特性和共同之点了。首先是外公和几个舅舅，然后是他们家的亲戚，他们一个个都极端的自私，心胸狭隘，无事生非，互相没有一点亲情可言，成天像冤家对头一样，不停地吵闹打斗，不知情者还以为他们间有什么大不了的事情似的，其实都是一些鸡毛蒜皮的生活琐事，皆因为他们饱食终日，无所事事，日子过得太无聊了，好像不闹点纠纷，时间就没法儿打发。在高尔基的笔下，这种现象已经成为一种社会常态，是小市民生活的应有之义，他写道："东家一家人生活在一个怪圈内，一天到晚成天就是做饭、吃饭、生病、睡觉，周而复始，没完没了；他们谈论罪恶和死亡，非常怕死；他们像磨盘上的谷粒，挤来滚去，随时都准备着被碾得粉碎"（《在人间》）。他们感觉到生活之无聊，而且也感到很不耐烦，但他们的"反抗"充其量也只是小市民式的，闹点家庭纠纷，宣泄一下而已。因为在他们的心目中，家庭就是一切。外面的世界，包括他们的亲戚朋友，和他们都格格不入。高尔基写道："要是有一位圣者来到这里——东家一家人也会想方设法地教训他，按照自己的方式改造他；他们这样做，完全是因为他们闲得发慌，寂寞难耐。如果他们不对别人指手划脚，大喊大叫，讽刺挖苦，那么他们便不再会说话，变成哑巴，自己连自己都看不见了。为了体现自身的存在，不管怎么着，必须得对别人有一个态度。东家一家人对身边的人，除了教训与指责，不会有别的态度；如果你按照他们的样子去生活、思考和感觉，那他们同样会说得你一无是处。他们就是这样的人"（《在人间》）。他们无时无刻不在尔虞我诈，算计别人，编造流言，散布不和，"我知道，他们这样做并不是出于恶意，而是由于寂寞难耐，但这并不能使我感到好受一些。为编造这些污言秽语，他们像猪一样在垃圾堆里乱拱一气，同时心满意足地哼哼着，把他们认为与已无关的、不理解的、滑稽可笑的美的东西使劲抹黑，将其弄得污秽不堪”（《在人间》）。再不就是牢骚满腹，怨天尤人，抱怨自己生不逢时，英雄无用武之地，而从不在自己身上找找自己生活边缘化的真正原因——自私、懦弱，缺乏自尊。他们只关心自己鼻子尖下的一点利益，认为那就是自己生活的最高理想，因而他们的生活无疑于原地踏步，日复一日，总是老样子。“我记得，生活毕竟是变得越来越乏味和严酷了；正如我天天所看到的，无论是生活方式，还是各种关系，永远都是不可动摇、一成不变的。除了眼前每天不可避免要出现的一切，根本不可能想到会有什么改善”（《在人间》）。

阿辽沙讨厌这种生活，而且千方百计地加以反抗，但当时他还是个孩子，力量有限，方法也不多；只觉得老板家的规矩“十分可恶”，能够“破一破才好”。随着年龄的增长，他的这种感觉越来越强烈，而这时俄国社会的政治生态已发生了变化，马克思主义的影响已经超过民粹派的思想，《在人间》描写的正是1879—1884年这五年时间。这期间高尔基对书发生了浓厚的兴趣，他如饥似渴地阅读一切能够找到的书籍，《在人间》里有大量篇幅都是描写读书的感受的。作者想从书中寻找对生活的答案。但是，他没有找到，许多问题仍不甚了了。“好事儿”虽好，但他孤军奋战，与别人格格不入，必然成不了大器，导致失败。高尔基写道：“书向我展示一种不同的生活——一种充满强烈情感和欲望的生活，它能激发人们去建立功勋，也能驱使他们去作奸犯科。我发现，我周围的那些人们——他们既没有能力去建立功勋，也没有能力去作奸犯科；他们袖手一旁，他们的生活和书中所描写的生活保持着距离，而且令人难以理解的是：他们生活的志趣究竟何在？我不愿过这样的日子……这一点我很清楚——我不愿意……”（《在人间》）阿辽沙找不到和自己志同道合的人。不过书毕竟还是给他带来了莫大的安慰和鼓励，特别是俄国作家的书；他说：“我已经读过阿克萨科夫的《家庭纪事》和杰出的俄罗斯叙事诗《林中》，读过不同凡响的《猎人笔记》以及格列比奥恩卡和索洛古勃的几本书，还有韦涅维季诺夫、奥陀耶夫斯基和丘特切夫的诗歌。这些作品洗涤了我的心灵，驱散了贫苦现实笼罩在我心头的阴影；我感受到了什么叫做好书，也懂得了它们对我的必要性。这些书在我心中牢牢树立起一种坚定的信念：我在世界上并不孤单，因此我是不会完蛋的！”（《在人间》）他在圣像作坊里仿佛看到了他想寻找的人，因为他们既有自己的信念，也有自己的行事原则，“我读过的书教导我要尊重那些为达到自己目标而顽强奋斗的人们，要珍视那种坚忍不拔、不屈不挠的精神”（《在人间》）。但是他错了，错就错在他只是根据书上的抽象概念来判断他们。而现实生活表明，这些人的信仰和原则早已陈旧过时，他把他们当作自己追求“不同生活”道路上的知音，完全是一种历史的误会，因为“他们靠着对昔日的回忆和自己对痛苦与压迫的病态的挚爱，抱残守缺，死死固守在已经僵化了的真理的墓地旁边，但是，如果有人夺去他们历经苦难的可能，他们会感到非常空虚，他们会像风和日丽的浮云一样，消失得无影无踪”（《在人间》）。不过要真的明白这一点，还需要现实生活的实践和磨练，还需要更多的时间检验，而且读的书是否有益，还要看它们是不是言之有理，是否符合俄国的国情。这并不是说读书无用，相反，它能够发人深思，开阔视野，帮助你探讨生活的意义，反对不合理的生活秩序。轮船上的厨师斯穆雷就是一个很喜欢读书的人，他总想从书中寻求人生的答案。他对高尔基的影响很大，养成了后者毕生酷爱读书的习惯。但高尔基和他不同，高尔基注意到了书和现实的联系；他发现当时有人酷爱读书，而有的人根本不感兴趣，甚至一看见书，就噤若寒蝉，避之唯恐不及。这使高尔基明白了书的巨大威力，不然神父怎么一再盘问他读过禁书没有呢；他很想知道究竟什么是禁书，最后他终于弄明白了：原来是莱蒙托夫的长诗《恶魔》。这说明，一切对现存制度表示不满的书都是禁书。现实生活告诉高尔基，社会中有两种人，一种人崇尚美好，向往未来；另一种人则饱食终日，安于现状，生怕有人打乱他们舒适安逸的日子，他认为好书是争取美好未来的强大思想武器。人们一旦接受它，就会将它付诸实施，变为物质力量。他发现身边许多人对自己的生活境遇感到不满都是一致的。比如，圣像作坊里的工人，他们确实对现实不满，也向往美好的未来，但是他们不知道何时以及用什么方法才能够达到这美好的一天。他们不明白“未来”就是“当前”的发展，因而对当下现实很少关心。“对于他们来说，彼尔姆就在西伯利亚；他们不相信西伯利亚是在乌拉尔以东”（《在人间》）。

在高尔基的思想成长过程中，最关键，也是最困难的一点，就是如何处理好理想和现实的关系，因为高尔基从小就崇尚理想，外婆给他讲过的故事，以及他后来遇到的诸如“好事儿”和玛尔戈王后等，他们身上那种卓尔不群的风范气质，都使他感到肃然起敬，心驰神往，但实际又如何呢？不过想想而已，说到底，是一种自我蒙骗。阿辽沙觉得彼尔姆轮船上那个司炉工雅科夫虽然没有“好事儿”那么优秀，但他讲的故事却使阿辽沙想起了善良的外婆。雅科夫究竟好在什么地方，不好在什么地方？好的地方是他富有个性，见多识广，爱劳动，不贪婪，心地善良，有自信心；不好的地方是他对人对事特别冷漠，一切都无所谓。书中是这样描写的：“他讲了很多故事，我认真仔细地听，都好好地记住，但我不记得有哪一个是令人高兴的故事。他讲的比书里写的显得更平静——在书中，我常能感受到作家的情感，他的愤怒、喜悦、忧伤和嘲讽。司炉师傅则不然，他不嘲笑，不谴责，对什么都不生气，也不流露出明显的高兴；他说话时就像一个面对法官的无动于衷的证人，就像一个对被告、原告、法官一样漠不关心的陌生人……这种冷漠的态度使我越来越感到反感，激起了我对雅科夫的愤懑之情”（《在人间》）。

高尔基对圣像作坊的工人师傅们也很不满意，说他们“想过好日子的愿望，不起任何作用，作坊里的生活，画工师傅相互之间的关系，毫无改变，依然故我”（《在人间》）。对于这些工人，《在人间》里有这样一段描述：“当我把自己的所见所闻讲给他们听时，他们都不大相信我的话，但他们却喜欢听那些吓人的童话和情节曲折的故事；就连那些上了岁数的人，也觉得编的故事比真人真事听起来还过瘾；我看得很清楚，故事越离奇，越不可思议，幻想、虚构成分越多，人们就越爱听。一般说来，他们对现实的生活不感兴趣，大家都在幻想未来，不愿正视眼前的贫困和丑恶现象”（《在人间》）。甚至对外婆的看法和以前也不同了，说她“在谈到灵魂——爱情、美丽、喜悦的秘密所在——时，总是非常小心谨慎……雅科夫·舒莫夫谈起灵魂时也跟外婆一样，非常小心谨慎，三言两语，而且不太愿意谈”（《在人间》）。他对外婆那种逆来顺受、只知道忍耐的态度感到愤愤不平。他说：“每次见到外婆，我从思想上对她的心灵越来越感到钦佩，但是——我已经感觉到，她的美好的心灵被各种童话故事所遮住了，她无法看到、也不能理解严酷现实的诸多现象和我的种种忧患，她根本不理解我的激动和不安”（《在人间》）。

这时（八十年代初），高尔基的思想带有某种双重性；一方面，他比只知道抽象向往过好日子的落后群众的思想要高出一头，另外一方面，他自己的认识也还不甚了了。但是他从小就善于观察生活，能够明辨是非，分得出善恶与好坏。这也是他和那些看不到一点光明的愚昧群众的不同之处，但这点区别还不足以克服他在思想成长过程中出现的历史和社会障碍。他认为，“只有一个人的忍耐，其对外部环境力量的逆来顺受，才是对他的最严重的摧残”（《在人间》）。

这种矛盾的心理正是反映了年轻高尔基所处时代的矛盾。当时俄国资本主义正在迅速发展，工人阶级的力量也正在形成之中；俄国社会思想界，通过“劳动解放社”[1]，特别是普列汉诺夫的著作，对马克思主义理论的认识有了明显的提高，但缺憾是尚未和俄国工人运动结合起来，是列宁后来完成了将二者结合起来的伟大使命。不过这已经是九十年代中期的事了，比《在人间》

1　1883年在日内瓦成立的第一个俄国社会民主党组织，以传播马克思主义为已任，与民粹派、伯恩施坦派、“经济派”作斗争，翻译介绍马克思恩格斯的著作，为俄国社会民主党的成立奠定了基础。普列汉诺夫是该组织的主要负责人之一。

足足迟了十年。

高尔基的思想在发展，面对复杂的社会问题，他必须做出回答，但是他一时还做不到。他苦恼，徬徨。他觉得："我身上其实有两个人：一个，由于知道的污七八糟的事情太多，因此变得有些胆小怕事，畏首畏尾；生活中一些可怕的事情使他的心情受到很大的压抑，他对生活、对人们的态度开始失去信任，变得疑虑重重；对所有的人，包括他自己，都持一种无可奈何的同情态度。这个人向往过一种宁静、孤独的生活，终日与书为伴，离群索居，一心只想着修道院、护林人和铁路上的小岗亭，惦记着波斯和城郊某个地方守夜人的职位。但愿身边的人能够少一些，离他们远一些……

"另一个则深受圣贤之书的高尚精神的熏陶，但眼见生活中种种可怕力量的嚣张气焰，深知这种力量轻而易举地就能够拧下他的脑袋，用肮脏的脚掌践踏他的心灵，于是，他咬紧牙关，攥紧拳头，聚精会神地进行自我防卫，生怕受到伤害，随时准备应对各种争吵与打斗。此人敢爱敢恨，富于同情心，就像法国小说里描写的勇敢的主人公那样，话不投机，便拔刀相向，摆出战斗的架势"（《在人间》）。高尔基心情阴郁，怅然若失，但又不想就此"完蛋"；他要去喀山上大学，想靠知识和科学来摆脱困境。他相信知识和知识分子的力量。高尔基在《在人间》的最后一章里写道："这时，我真想对整个大地，对我自己，狠狠地踹上一脚，使人世间的万物——包括我自己在内——在欢乐的旋风、人们节日舞蹈的带动下，快速旋转起来；他们彼此相爱，同时也爱这种为另一种生活已经开始了的美好、蓬勃、诚信的生活……"

“我在想：

“‘必须得干点什么，不然我就完了……’”（《在人间》）。

这些话带有浓重的宣传鼓动意味，不难想象，它们在十月革命前的1916年听起来给人一种什么样的感觉和启迪。

四

《我的大学》是十月革命胜利后的1922年完成的，次年发表在《红色处女地》杂志上。它描述的是高尔基1884年夏到1888年秋的生活。但当时写作的历史环境和政治生态已经完全变了。作品主要是写上世纪八十年代俄国知识分子的，和三部曲的前两部一样，《我的大学》描述的重点，仍然是作者内心思想发展的过程以及他对当时迫切需要解决的重大问题的态度。

革命胜利后，党所面临的一个重要任务，就是对部分旧资产阶级知识分子的错误思想进行斗争，批判他们脱离人民、散布种种诋毁革命的悲观主义谬论。高尔基以前在喀山和这类旧知识分子有过接触。三十多年过去了，类似的奇谈怪论在彼得堡沉渣泛起，又听到了，它们和当年有人在喀山宣扬的人生如梦、为未来奋斗毫无意义的论调非常相似。请听高尔基在喀山街头遇到的一个冻得半死的历史教师是怎么说的：“进步——这是人们为安慰自己而杜撰出来的说词！生活是非理性的，毫无意义。没有奴役便没有进步；没有多数人服从少数人——人类在自己的道路上便会停滞不前。我们希望减轻我们的生活负担，减轻我们的劳动，结果只能使我们的生活变得更加复杂，使我们的劳动更加繁重。

工厂和机器为的是要不断生产更多的机器，这是非常愚蠢的！工人越来越多，可是社会需要的只是农民——生产粮食的人。粮食就是一切，它是需要用劳动向大自然索取的。一个人需要的东西越少，他就越幸福；他的愿望越多，他的自由就越少。”“人们寻求的是遗忘和安慰，而不是知识！”（《我的大学》）

这位历史教师的想法使高尔基大为惊讶，因为它和高尔基的追求大相径庭，高尔基追求的是知识，绝不是“遗忘和安慰”。

他写道：“后来我再也没有遇见过那位历史教师，我也不想再见到他了。但我却不止一次地听到人们说生活没有意义、劳动没有用处的话——说这种话的人，有大字不识一个的云游派教徒，有无家可归的流浪汉，有‘托尔斯泰主义者’和文化素质很高的人；此外，还有东正教的修士司祭、神学硕士、制造炸药的化学家、新活力论生物学家等许多人。

“有一次，一个自称是‘政治油子’的工人朋友用只有俄国人才有的襟怀坦白的态度对我说：

“‘阿列克谢·马克西梅奇，亲爱的，我什么都不需要，什么学院、科学、飞机，统统都没用——完全多余！我只需要一个安静的角落，还有一个娘儿们，想亲的时候就亲她一下，而她对于我，应该忠贞不渝，全身心地回报我——这就可以了！您——按照知识分子的方式考虑问题，和我们毕竟不一样，您是中了毒的人，对于您来说，思想比人更重要，您考虑问题时是不是跟犹太人一样，即人是为安息日而设立的呢？，”（《我的大学》）

这两段话的意思非常明显，旨在谴责那种小资产阶级极端个人主义的思想倾向，凸显《我的大学》和当时革命活动的千丝万缕的联系。

高尔基对那种认为劳动群众不会为大家的幸福去奋斗，他们只关心自己鼻尖下的一点个人利益的有害理论大加抨击，充分肯定人类劳动的伟大意义和他们追求自由、知识、幸福的强大思想动力。一个真正的人就应该是天生的斗士。他说：“怎么，千百万俄国人，为革命历尽千辛万苦，难道心灵深处真的只是为了摆脱劳动吗？最少的劳动——最大的享受，这是很有诱惑力的，它像一切难以实现的乌托邦幻想一样，非常吸引人”（《我的大学》）。一个人一定要战胜周围的环境，这样才能够实现自身的价值，完成自己的使命，否则就是浪费光阴、虚度人生。

高尔基自己就是在和周围环境的斗争中成长壮大的。他从小反抗外公家的陈规陋习，给老板干活时不遵守老板的清规戒律，和知识分子在一起时又常批判他们的错误思想和种种歪理。高尔基在《我的大学》中实际上触及到了八十年代俄国激烈动荡的社会政治生活，这一点连根本不关心时局变化的面包师卢托宁都注意到了；他总看见有些身份不明的人带些书到面包房里来，有时候在杰连科夫家里聚会。他们在一块读书，讨论各种问题，有时候还发生争论，其中朗读普列汉诺夫的《我们的意见分歧》的场面和高尔基与马克思主义者费多谢耶夫的交往描写得尤为生动。当时，代表沙皇政府的反动势力还相当强大，小说对这方面的代表人物——警察尼基福雷奇——的描写相当精彩。

尼基福雷奇明白得很：当警察决不能心慈手软，对沙皇政府心怀不满的人很多，要镇压住他们，必须得有一个强大的、运转灵活的警察机构。它就像是一张看不见的蜘蛛网。对此，高尔基是有切身体验的。

知识分子中有许多自认为“目标明确”且“深谙生活之道”

的人，其实他们在生活中并不懂得审时度势，不知道应该如何行事。他们有的思想陈旧，有的过于年轻，而且往往脱离生活，书生气十足，只会在自己的小圈子里坐而论道，夸夸其谈，张口闭口人民长、人民短，但就是不见具体行动。他们的所作所为，说明他们只不过是一些毫无用处的空谈家。这是马克思主义者费多谢耶夫亲口对高尔基说的话。可是，要战胜沙皇卵翼下大大小小的尼基福雷奇们，没有人民群众的积极参与，仅靠一些思想混乱的知识分子在下面瞎嚷嚷，那是绝对成不了气候的。正如读者所看到的，《我的大学》在人民和知识分子关系的问题上花了不少的笔墨。诚然，高尔基描写的基本上都是以不同方式曾经投身过社会主义运动，而且在八十年代发生过思想危机的那部分知识分子。这些人对沙皇专制制度不满，想寻求出路，但他们对科学社会主义还缺乏了解，对人民群众的力量还认识不足，往往孤军奋战，成效甚微。这是俄国知识分子所经历的最困难的时期之一。但就在这个时候，以普列汉诺夫为首的俄国知识分子的优秀代表们正在觉醒起来，他们逐渐认识到劳动群众的巨大力量和历史使命，他们深入到民间，积极宣传马克思主义的思想纲领，把许多向往革命的青年争取到自己这方面来。而19世纪八十年代的高尔基，亲眼目睹并感受到了俄国知识分子所经历的那场思想危机，痛切感到，为了把革命运动推向前进，就必须把思想与事业、理论和实践紧密结合起来，所以他刻意描写了当时俄国先进阶层的生活及精神世界。当然，这不过是暴风雨来临前他的一种预感，还不能说是他的清醒认识，因为后来他对这一斗争的前景的认识还产生过动摇，思想出现过反复，甚至一度认为要改变不合理的社会现状是非人力所能够达到的，失去了信心。1888年夏，高尔基离开喀山，和一个叫罗马斯的民粹主义者来到伏尔加河畔一个叫克拉斯托维多沃的村子。农村的现实生活，农民的贫困、愚昧、野蛮、保守排外心理，使他很难接受，或不闻不问，置之度外；他感到非常苦恼，根本看不到使农民摆脱这种状态的出路和前景，不过他的这种消极悲观的情绪仅仅是他当时的一种思想冲动；随着他对现实生活了解得越多，就越相信未来美好的生活一定能够到来。对农民生活的进一步了解使他产生一种非常复杂的感情；他喜欢他们，发现他们身上有许多良好的品质——热爱劳动，纯朴善良，对未来怀有美好的理想。他在《我的大学》里写道："我看得出，这些农民，就单个而言，他们每个人身上并没有那么多的怨恨，而且常常压根儿就没有什么怨恨。实际上，他们只是一些很善良的原始村民——要让他们任何一个人露出孩子般的笑容并不难，任何一个人都会像孩子一样信任地听你讲关于寻找智慧和幸福的故事，听你讲有关英雄人物的丰功伟绩。""凡是能够激发人们去幻想——可以按照自己的意愿过上好日子——的一切故事，他们都会听得津津有味。""但是，当这些人在村会上或者岸边小饭铺里一窝蜂似的凑在一块儿时，他们把自己身上好的东西不知藏到哪儿去了，就跟神父披上虚假与伪善的长袍一样，对有钱有势的人，像狗一样的摇头摆尾，百般逢迎——那种样子看着都叫人恶心。有时候，他们突然又会变得像狼一样的凶狠，毛发倒立，龇牙咧嘴，野蛮地互相吼叫，甚至不惜大打出手——而且也真打——起因不过是一些鸡毛蒜皮的小事。在这种时刻，他们变得非常可怕，甚至会捣毁他们昨晚还像绵羊回到羊圈时那样老实出入的教堂。""我无法跟这些人在一起，也不可能生活在他们中间"（《我的大学》）。

总之，高尔基认为，农民在各方面比起工人素质要差多了。农民的贪婪、自私他就很不喜欢。农民的小私有者的心理使他们很难团结成一个集体。罗马斯千辛万苦地想在农民中间开展宣传工作，为他们办好事，但最后也是一场空。有钱人挤对他不说，连穷苦农民也不支持他。最后他的房子也被人一把火烧了。高尔基离开克拉斯托维多沃村后跟民粹派再没有发生过什么来往。

高尔基在《我的大学》中描写了知识分子、农民和工人的生活。我们从中可以明显地感觉得出，这时候的高尔基已经开始隐隐约约认识到，在未来的社会变革中工人阶级将会发挥决定性的作用。我们从小说里高尔基跟费多谢耶夫和老纺织工人尼基塔·鲁勃佐夫的谈话中足可以看出来。

1888年秋，高尔基离开了克拉斯诺维托沃村，三部曲到此告一段落；这时高尔基只有20岁，四年后他开始了文学创作活动。多年的耳闻目睹、亲身感受，极大地丰富了他的阅历，这对他后来成为俄国乃至世界文坛上一名杰出作家不能不说打下了坚实的基础。

五

三部曲以自传的形式展示了作者童年和青少年的生活和思想成长历程。我们眼见他对小市民和小私有者的做派是多么的深恶痛绝，看到他逐步地认识到必须要推翻沙皇封建专制制度；也看到他对那些脱离群众、只会空谈的所谓“革命”知识分子的怀疑态度。高尔基是在外公家长大的，后来到了“人间”，过的也是在城镇打工或四处流浪的生活，很少接触农村的现实，但底层生活的经历使他后来对自己所看到的农村的状况最终也能够做出冷静的实事求是的分析，农村中的负面消极现象和农民们的落后意识并没有使他完全感到灰心丧气，而是更加坚定了他的斗争决心，因为他相信劳动人民，而且只寄希望于他们。现实的困难和挫折不表明群众中没有改天换地的革命积极性，它恰恰说明需要革命者脚踏实地地到群众中去把这种蕴藏的革命积极性给挖掘出来。只要追求革命真理的决心不动摇，终究会成为一个革命者，高尔基做到了这一点。实际上，高尔基在自传三部曲中真实地表现了俄国革命者整整一代人怎样从最底层一步一步踏上革命道路的艰辛历程。这也是三部曲的巨大历史意义和艺术价值之所在，不仅如此，高尔基在描写自己亲身经历的同时，也在履行他认为自己责无旁贷的一项革命职责，即批判俄国和欧美文学中无视人类的真正思想与感情，践踏自由、民主理想的颓废、反动的文艺思潮，因为就在高尔基着手创作三部曲的那几年，革命的文艺工作者们正在有针对性地为现实主义的文艺在进行斗争，批判形形色色颓废的文艺思想和创作倾向，高尔基当时就旗帜鲜明地站在这一斗争的前列。他不只是简单地在维护已有的现实主义，而是希望在原来现实主义的基础上前进一步，增加一些新的社会主义新人的因素，即后来称为社会主义现实主义原则的东西。他在后来文学创作中有意识地深化这些因素和原则，努力发掘和揭示正在觉醒的劳动者和他们所身处的资本主义险恶环境之间的关系，即无产阶级革命取得胜利后苏维埃文学所面临的如何塑造新人形象的迫切问题，因为他们虽然从资本主义制度下摆脱了出来，也具有一定的阶级觉悟，但他们身上不同程度地还背着旧世界遗产的沉重包袱。如何用发展的眼光，历史地、实事求是地写出这些人的发展与变化，高尔基，特别是他的自传三部曲，为年轻的苏维埃文学做出了光辉的榜样。

《我的大学》的基本意涵在于回应时代，弘扬革命思想。当时，诸如《毁灭》《恰巴耶夫》《铁流》等塑造新人的苏联早期革命文学作品还未出现，毫无疑问，高尔基的丰富创作经验为它们的诞生做了及时的文学铺垫，在描写新思想的产生，特别是在对旧思想的批判和扬弃方面提供了有益的借鉴，比如在《我的大学》中对形形色色小资产阶级思想——知识分子的消极悲观、极端个人主义思想，乃至农民小私有者心理这些与社会主义革命原则格格不入的思想都有鞭辟入里、耐人寻味的批判。这也是高尔基三部曲的深刻认识意义、教育作用和重大影响之所在，这也完全符合作家本人所说的话：一个革命作家应该正确而深刻地认识过去、现在和未来的现实。高尔基的创作实践就印证了他的这番话，他的三部曲不仅描写了苦难的过去和现在，而且点出了希望在即的光明未来。高尔基深信革命一定会胜利，因为他的这一信念是建立在对现实的正确的马克思主义的认识之上的。

欢迎您从《我的大学》走进
读客三个圈经典文库

亲爱的读者，感谢您选择读客三个圈经典文库。

我们的封面统一使用“三个圈”的设计，读者可以凭借封面上形式各异的“三个圈”找到我们，走进经典的世界。

你想成为什么样的人?

对你来说什么是重要的?

这个世界应该是什么样子?

我们在生命中遇到的这些问题，或许可以在浩如烟海的文学经典中找到答案。

跟随读客三个圈经典文库，认识世界、塑造自我，成为更好的人!

《漫长的告别》

《西西弗神话》

《人间失格》

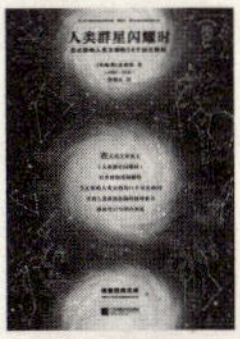

《人类群星闪耀时》

《鼠疫》

《小王子三部曲》

《局外人》

《月亮与六便士》

《基督山伯爵》

《罗生门》

读客三个圈经典文库

精神成长树

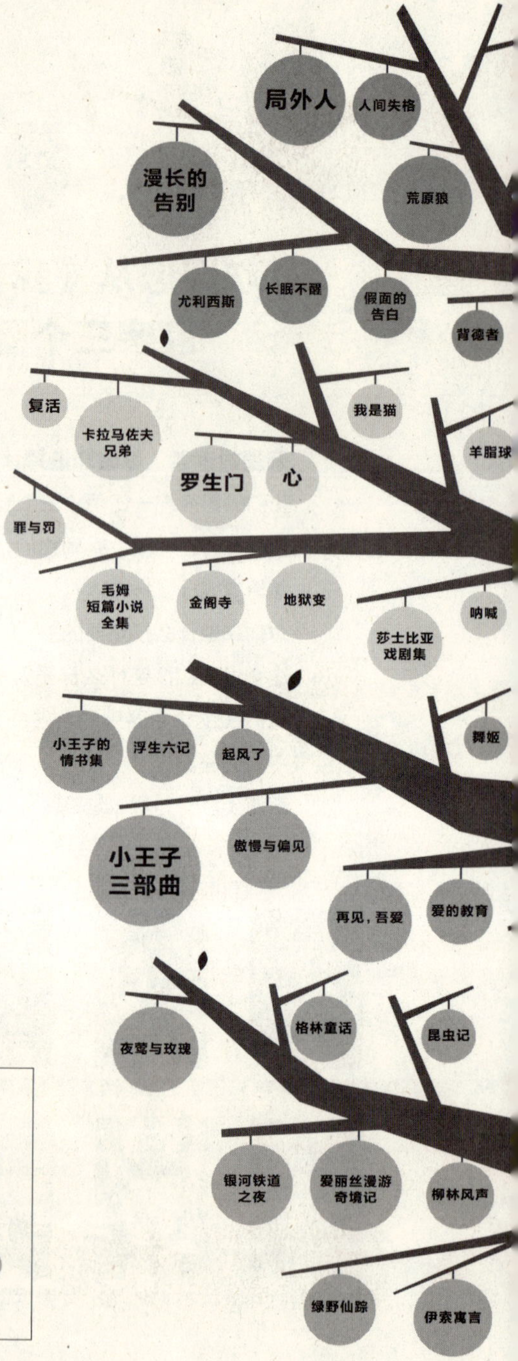

你想成为什么样的人？
对你来说什么是重要的？
这个世界应该是什么样子？

我们在生命中遇到的问题，每个时空的人都经历过，一些伟大的人留下一些伟大作品，流传下来，就成了经典。正是这些经典，共同塑造并丰富着人类的精神世界。

我们重新梳理了浩若烟海的文学经典，为您制作了精神成长树。跟随读客三个圈经典文库，汲取大师与巨匠淬炼的精神力量，完成你自己的精神成长！

树干：

不同的精神成长主题，您可以挑选任意感兴趣的主题进行深入阅读

例如：
寻找人生意义
探索自己的内心
拥有强大意志力
理解复杂的人性
…………

枝丫上的果实：

我们为您精选的经典文学作品

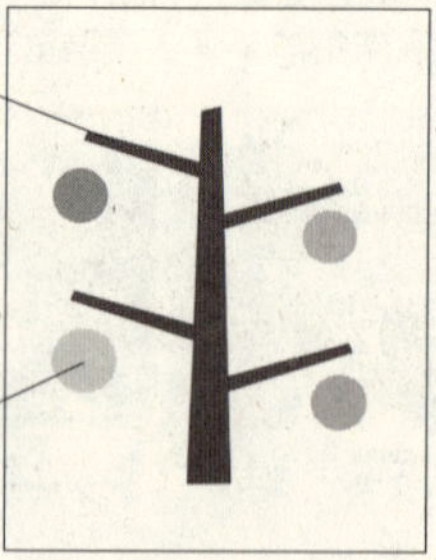

精神成长树示意图

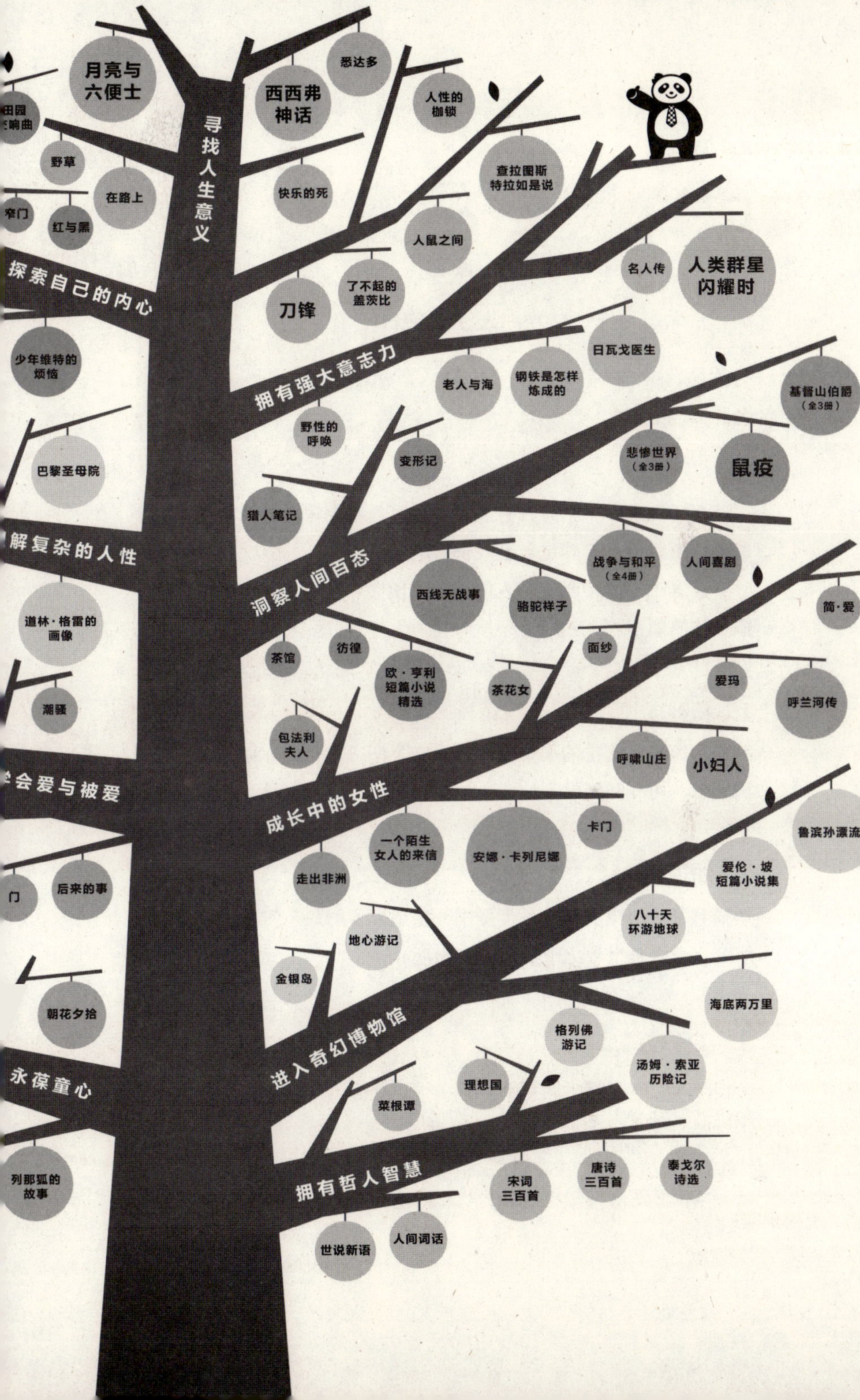

寻找人生意义
月亮与六便士
西西弗神话
悉达多
人性的枷锁
田园
响曲
野草
在路上
快乐的死
查拉图斯特拉如是说
窄门
红与黑
人鼠之间
探索自己的内心
刀锋
了不起的盖茨比
名人传
人类群星闪耀时
少年维特的烦恼
拥有强大意志力
老人与海
钢铁是怎样炼成的
日瓦戈医生
基督山伯爵
（全3册）
野性的呼唤
巴黎圣母院
变形记
悲惨世界
（全3册）
鼠疫
猎人笔记
解复杂的人性
洞察人间百态
西线无战事
骆驼祥子
战争与和平
（全4册）
人间喜剧
简·爱
道林·格雷的画像
茶馆
彷徨
欧·亨利短篇小说精选
面纱
茶花女
爱玛
呼兰河传
潮骚
包法利夫人
呼啸山庄
小妇人
会爱与被爱
成长中的女性
一个陌生女人的来信
安娜·卡列尼娜
卡门
鲁滨孙漂流记
门
后来的事
走出非洲
爱伦·坡短篇小说集
八十天环游地球
地心游记
金银岛
朝花夕拾
海底两万里
格列佛游记
进入奇幻博物馆
汤姆·索亚历险记
永葆童心
理想国
菜根谭
列那狐的故事
拥有哲人智慧
宋词三百首
唐诗三百首
泰戈尔诗选
世说新语
人间词话

激发个人成长

多年以来，千千万万有经验的读者，都会定期查看熊猫君家的最新书目，挑选满足自己成长需求的新书。

读客图书以“激发个人成长”为使命，在以下三个方面为您精选优质图书：

1. 精神成长

熊猫君家精彩绝伦的小说文库和人文类图书，帮助你成为永远充满梦想、勇气和爱的人！

2. 知识结构成长

熊猫君家的历史类、社科类图书，帮助你了解从宇宙诞生、文明演变直至今日世界之形成的方方面面。

3. 工作技能成长

熊猫君家的经管类、家教类图书，指引你更好地工作、更有效率地生活，减少人生中的烦恼。

每一本读客图书都轻松好读，精彩绝伦，充满无穷阅读乐趣！

图书在版编目（CIP）数据

我的大学 /（苏）玛克西姆·高尔基著；郭家申译
.-- 南京：江苏凤凰文艺出版社，2019.8（2023.4 重印）
ISBN 978-7-5594-3938-3

Ⅰ.①我… Ⅱ.①玛… ②郭… Ⅲ.①长篇小说－苏
联 Ⅳ.① I512.45

中国版本图书馆 CIP 数据核字 (2019) 第 151609 号

我的大学

[苏] 玛克西姆·高尔基 著　　郭家申 译

责任编辑　丁小卉
特约编辑　刘　娟
封面设计　胡文琦
责任印制　刘　巍
出版发行　江苏凤凰文艺出版社
　　　　　南京市中央路 165 号，邮编：210009
网　　址　http://www.jswenyi.com
印　　刷　三河市龙大印装有限公司
开　　本　890 毫米 ×1270 毫米　1/32
印　　张　7
字　　数　150 千字
版　　次　2019 年 8 月第 1 版
印　　次　2023 年 4 月第 5 次印刷
标准书号　ISBN 978－7－5594－3938－3
定　　价　29.90 元
